JN251328

古典から生まれた新しい物語　冒険の話

墓場《はかば》の目撃者《もくげきしゃ》

日本児童文学者協会・編
黒須高嶺・絵

目次

このシリーズについて

この本に収《おさ》められているお話は、四人の作家が古典作品《こてんさくひん》からインスピレーションを得《え》て創作《そうさく》したものです。「古典をヒントに新しくつくられたアンソロジー」といいかえてもよいでしょう。

それぞれの物語《ものがたり》の最後《さいご》に、作者《さくしゃ》からのメッセージがあります。ここで、作家はどの古典作品をとりあげて執筆《しっぴつ》したのかを明かしています。それらは時代《じだい》や国を問わず、また、文学作品だけでなく、民話《みんわ》や伝説《でんせつ》など幅広《はばひろ》いジャンルからえらばれています。だれもが知っている有名《ゆうめい》な作品もあれば、あまり聞いたことのないものもあるはずです。どんな古典なのか、予想《よそう》しながら読んでみるのもおもしろいでしょう。

また、巻末《かんまつ》には、古典にふれる案内《あんない》として、解説《かいせつ》と本の紹介《しょうかい》ものせました。作品を読んで、その物語が生まれるきっかけとなった古典に興味《きょうみ》をもった読者《どくしゃ》は、ぜひ、そちらのほうにも手をのばしてみてください。

編者／日本児童文学者協会
編集委員／津久井惠、藤真知子、宮川健郎、偕成社編集部

墓場《はかば》の目撃者《もくげきしゃ》

森川成美《もりかわしげみ》

「なあ、斗真《とうま》。行こうよ。火の玉見られるなんて、そうない」

「え、今から？」

「もちろんさ。猫《ねこ》の死体《したい》があるときなんて、そうない」

セイが「そうない、そうない」を連発《れんぱつ》するので、ぼくはついつい、行く気になった。

あたりはもうすっかり暗《くら》い。自転車《じてんしゃ》をならべて、山の中にあるお寺をめざす。

セイの自転車の前かごに入っているのは、ううっ、気持《きも》ち悪《わる》い。死んで棒《ぼう》みたいにつっぱらかった猫だ。

昔《むかし》、墓地《ぼち》に死体がうめられたときには、かならず火の玉が出たもんだ、とセイはおばあちゃんに聞いたらしい。とはいっても、いまどきは、死体を土にうめたりなんてしない。だけど、セイは知恵《ちえ》がはたらく。死体は、猫のだってかまわないじゃないかと。そして今日ついに、セイは山道で車にはねられたこいつをひろったのだ。

セイは、ぼくと同じく四年生だ。

――セイくんちに行ったらだめよ、わかってるわね。

うちのおかあさんは、いつもいう。おかあさんのセイに対《たい》する態度《たいど》は、超不公平《ちょうふこうへい》だ。

おかあさんが書く記事《きじ》は、正義《せいぎ》とか愛《あい》とかに満《み》ちあふれているくせに。

セイんちのおかあさんは、ずいぶん前にどこかに出ていったきり、帰ってこない。セイはおばあちゃんと二人で暮《く》らしているが、おばあちゃんはセイにあまいので、セイはやりたい放題《ほうだい》だ。夜中でも外をうろうろしていて、学校には気が向《む》いたときしか来ない。

ぼくの両親《りょうしん》は、ここ、やまなみ市でミニコミ紙〈やまなみタイムズ〉を発行《はっこう》している。地元の話題《わだい》を記事にして、広告《こうこく》をとってのせる新聞だ。記者《きしゃ》はおかあさんだけ、事務員《じむいん》はおとうさんだけの新聞社だけど、ちゃんと取材《しゅざい》をしたり、イベントの企画《きかく》を立てたりもする。二人はいつもいそがしい。

ぼくは、いつも夜中まで一人で留守番《るすばん》だ。特《とく》に、夕方からあとは、たまにセイが来るのが、ぼくの楽しみなのだった。今日、セイは火の玉を見に行こうと、呼《よ》びに来たのだ。

お寺についた。本堂《ほんどう》には明かりがついている。だけど、ぼくらは門の前を素通《すどお》りして、うらの墓地《ぼち》にまわった。入り口のだいぶ手前で自転車《じてんしゃ》をおりて、草むらにかくす。

墓地《ぼち》は真《ま》っ暗《くら》だ。それでも、月明かりでお墓《はか》は見える。

「さあ、死体《したい》をうめるんだ」

「どこに？」

ぼくは、家から持《も》ってきた砂遊《すなあそ》び用《よう》の黄色いシャベルを、ぎゅっとにぎりしめた。

「こっちだ」

ついていくと、空《あ》いた区画があった。ぼくはシャベルで、セイはお墓《はか》に立ててある木切れをとってきて、かたい地面《じめん》を掘《ほ》った。

ちょうどの大きさの穴《あな》をあけ、猫《ねこ》をうめて、土をかけてふみしめたところで、自動《じどう》車《しゃ》のライトが光った。車のエンジン音がとまる。ドアのしまる音がする。

「だれか来るよ」

お坊《ぼう》さんかな。ぼくらは、お墓のあいだにかくれた。

しばらくすると、二人分の影《かげ》がゆっくりと墓地に入ってきた。お坊さんじゃない。

長い髪《かみ》の背《せ》の高い男と、でっぷり太った背の低《ひく》い男だ。

「なにも、こんなところに連《つ》れ出さなくてもいいじゃないか、相原《あいはら》」

背《せ》の低《ひく》いほうの声には、聞き覚《おぼ》えがある。中川医院《なかがわいいん》の先生だ。うちも前はかかっていたけれど、いつもお酒《さけ》くさいから診察《しんさつ》をまちがえそうだと、おかあさんがいやがって変《か》えたのだ。

「屋敷《やしき》おじいは、ここに住《す》んでるみたいなもんですから。あ、来ました」

本堂《ほんどう》のうらのほうからひょこひょこと来る、もう一つの影《かげ》は、みんなが屋敷《やしき》おじいと呼《よ》んでいる人だ。〝屋敷〟とは〝ゴミ屋敷〟の略《りゃく》だ。自分の家がゴミでうまって住めなくなって、公園や軒下《のきした》を泊《と》まり歩いている。本堂のお供《そな》え物《もの》を勝手《かって》にとって食べるからこまるんだ、という話を、おとなたちがしていたっけ。でも、注意《ちゅうい》すると怒《おこ》ってなぐりつけたりするので、だれも何もいえないのだ。

でも、なんで中川先生と屋敷おじいが、こんなところにいるんだろう？

「満月《まんげつ》ではないが、いい月ですな。月見で一杯《ぱい》。風流《ふうりゅう》なことで」

屋敷おじいは、ごきげんな声を出した。かちゃかちゃとコップの音がする。お酒を飲《の》みはじめたってこと？　ぼくはセイと顔を見合わせた。どうしよう。帰りたいが、三人の前を通らなければ、墓地《ぼち》の外には出られない。

どのぐらい時間がすぎたのだろう。しゃがんでいる足が、しびれてきた。セイも、足を浮《う》かせたり、もじもじしたりしている。

屋敷《やしき》おじいは、おはしでコップをたたきながら、いい調子《ちょうし》で民謡《みんよう》なんてうたいはじめてしまった。そのうち、急《きゅう》に静《しず》かになった。寝《ね》てしまったんだ。

「今度《こんど》は、この人に病気《びょうき》になってもらわないと、ねえ、先生」

長い髪《かみ》の男がいった。相原《あいはら》というやつだ。屋敷おじいがわざと病気になって、中川《なかがわ》先生にかかるっていうこと？

「いやあ、もうやめだ。ごまかしをやれば、医師免許《いしめんきょ》が取《と》り消《け》しになる。いや、それどころか逮捕《たいほ》されるんだぞ」

中川先生は大きな声を出した。

「乗《の》りかけた船だ。降《お》りてもらっちゃ、こまります」

相原の低《ひく》い声には、ぞっとするひびきがあった。

「いや、ぼくは、やめるといったらやめるんだ」

「そんなこと、いえるんでしょうかね、先生」

相原《あいはら》は、さらに声を低《ひく》くした。

「二年前、盲腸《もうちょう》じゃなかったのに、おれの腹《はら》を切ってしまったこと、あれは誤診《ごしん》っていうものじゃありませんかね」

「それは、ちゃんとあやまっただろう」

「こっちは、だれにいっても、かまいませんがね」

「たのむ、いわないでくれないか……患者《かんじゃ》がへって、生活にもこまっているんだ」

「しかたないんじゃありませんかね、本当のことですから、知られても」

「いや……ぼくにも良心《りょうしん》というものがある。よし、わかった。覚悟《かくご》を決《き》めた。今までのこと、すべて正直《しょうじき》に警察《けいさつ》に話すよ」

中川《なかがわ》先生は、立ちあがろうとしたようだ。そのときだ。相原が、きらりと光るものをふりあげるのが見えた。ぼくはどきりとした。あれは包丁《ほうちょう》だ。

「いや、話されちゃ、こっちはこまるんだ」

「ど、どういうことだ」

「こういうことですよ」

みょうな間《ま》があって、「うっ」という、うめき声がした。

どさっと人のたおれる音がする。ま、まさか。相原《あいはら》が中川《なかがわ》先生を刺《さ》した？

その相原は、今度《こんど》は寝《ね》ている屋敷《やしき》おじいの上にかがんで、もそもそと動《うご》いていた。

そのときだ。

屋敷おじいが、むくっと起《お》きあがった。さわぎに目が覚《さ》めたのだろう。

だけど、急《きゅう》に大声をあげたのは、なぜか屋敷おじいではなく、相原だった。

「お、おまえ、なんてことをしたんだ」

「え？　中川先生がたおれてる。どうしたんですか？」

「どうしたもこうしたもない。おまえが急に怒《おこ》って、その包丁《ほうちょう》で刺したんだろ」

「そ、そんな」

屋敷おじいが、手にした包丁を遠くにほうり投《な》げるのが見えた。そうか、さっき、相原が屋敷おじいの上にかがんでいたのは、あの包丁を屋敷おじいににぎらせていたんだ。

「あ、ああ、まさか、おれが、まさか、こんなことを」

「本堂《ほんどう》に行って、電話してくれといってくる」

相原《あいはら》は、本堂のほうに向《む》かってかけていく。屋敷《やしき》おじいも、ちょっとおくれて、よろよろとあとを追《お》いかけていった。

「斗真《とうま》。今だ、帰ろう」

セイがぼくの腕《うで》をひっぱった。ぼくも同時に立ちあがった。二人でころげるように走って、墓地《ぼち》を出る。自転車《じてんしゃ》を草むらから引きだすと、全力《ぜんりょく》でひたすらこいだ。ちょうど、ぼくの家の門のところまで来たところで、ピーポーピーポーとサイレンの音が通りすぎていった。救急車《きゅうきゅうしゃ》だ。お寺が呼《よ》んだのだ。

セイが、ひきつった顔で、ぼくに右手の小指をつきだした。

「なあ、斗真。このことは、だれにもいわないって約束《やくそく》しよう。おれたちが見たって知られたら、まずいよ。相原はこわいやつだ。復讐《ふくしゅう》してくるよ」

「わかった、約束する。だれにもいわない」

ぼくは自分の右手の小指をセイの小指にからませて、いきおいよくふったのだった。

中川《なかがわ》先生は結局《けっきょく》、亡《な》くなってしまった。

その話を聞いたとき、ぼくは思わずふるえた。

ぼくらは、本物《ほんもの》の殺人事件《さつじんじけん》を見てしまったのだ。

屋敷《やしき》おじいは、警察《けいさつ》につかまった。裁判員《さいばんいん》が決《き》まって、やまなみ地方裁判所《ちほうさいばんしょ》で裁判がはじまった。

おかあさんは、裁判のようすを〈やまなみタイムズ〉の記事《きじ》にすると、はりきっている。

「傍聴券《ぼうちょうけん》をとるから、斗真《とうま》もならんで」

東京からたくさん記者《きしゃ》が来るかもしれない、というのだ。裁判はだれでも見られるけれど、見たい人が多いときは、抽選《ちゅうせん》になるらしい。

ぼくはいやだったけれど、夏休みだし、ことわる理由《りゆう》はないから、しかたなくいっしょに裁判所に行った。なのに、やまなみ市にとっては大事件でも、全国的《ぜんこくてき》にはたいしたことのない事件だったらしく、いざ行ってみれば、ならんでいる人は少なかった。

おかあさんもぼくも、すんなり抽選に当たってしまい、ぼくは帰るよといったのに、おかあさんは、いい社会勉強《しゃかいべんきょう》だから見ていきなさい、といいはった。

「傍聴《ぼうちょう》っていうのは、子どもだってできるのよ」

なんだかわからないうちに、ぼくは裁判所《さいばんしょ》の法廷《ほうてい》というところに入らされた。

低《ひく》い柵《さく》の手前の席《せき》に、順番《じゅんばん》にすわる。

裁判員《さいばんいん》の人が正面《しょうめん》のとびらからぞろぞろ入ってきて、奥《おく》のいちばん高いところにならんだ。

裁判長は、おかあさんと同じ年ぐらいの女の人だ。最後《さいご》に出てきて、まんなかにすわった。

裁判がはじまった。屋敷《やしき》おじいは、ときどき呼《よ》ばれて、ぼくらにおしりを向《む》け、裁《さい》判官《ばんかん》と裁判員を見上げて、小さな声でもそもそとしゃべった。

むずかしいことはよくわからないけれど、あの包丁《ほうちょう》は、屋敷おじいが、おつまみにするハムを切ろうとして家から持《も》ってきたもので、指紋《しもん》もついていたということがわかった。なにより屋敷おじいは、自分がやったと思いこんでいた。

「今日で終《お》わるな。罪《つみ》は認《みと》めてるし、かんたんな事件《じけん》だよ」

となりの人が、知ったふうにそうつぶやいた。でも、ぼくは、うしろめたい気分で、屋敷《やしき》おじいの後《うし》ろ姿《すがた》を見ていた。背中《せなか》をまるめて小さくなり、ふるえている。

ぼくは知っている。この人はやっていない。殺《ころ》したのは、相原《あいはら》だ。

だが、証人《しょうにん》として出てきた相原は、けろりとした顔で、こんなことをいった。

「中川《なかがわ》先生が『ばか』といったんで、この人はかっとして、包丁《ほうちょう》を手にとり、刺《さ》したんです」

裁判員《さいばんいん》の人たちは、うんうんとうなずいている。

「あなたは、とめなかったんですか？」

弁護士《べんごし》さんが聞いていた。あごひげを生やした、蝶《ちょう》ネクタイの人だ。

「とめるひまもありませんでした」

相原は答えている。

「それだけ急《きゅう》だったということですね。反対尋問《はんたいじんもん》を終《お》わります」

弁護士さんは、あごひげをさわりながらそういうと、納得《なっとく》したようすでひきさがっていた。

これでいいんだろうか。ぼくの心がざわざわする。

中川《なかがわ》先生を殺《ころ》したのは、本当は相原《あいはら》だ。そのことを知っているのは、相原のほかには、ぼくとセイしかいない。でもぼくは、だれにもいわないとセイに約束《やくそく》してしまった。

見たといえば、セイとの約束をやぶることになる。

だけど……。

今、屋敷《やしき》おじいの足は、まるで足ぶみしているように、がたがたとふるえていた。

「何か、いいたいことはありませんか?」

裁判長《さいばんちょう》はやさしく聞いている。

「お、お、おれは、死刑《しけい》になるんですか? おねがいです、死にたくない……」

「それは、これから決《き》めますからね。もし、いいたいことがあるなら、いまのうちに」

それはまるで、ぼくに向《む》けていっているみたいに思えた。

これで決まってしまうんだ。

もしぼくがだまっていたら、ひょっとして、屋敷おじいは死んじゃうかもしれないんだ。

でも、屋敷《やしき》おじいは何もやってない。

やったのは、相原《あいはら》だ。

セイと約束《やくそく》したけれど、やっぱりだまっているわけにはいかない。

ぼくは、大きく息《いき》をすうと、立ちあがった。

正面《しょうめん》を見て、ふるえる声をはりあげた。

「あのー、ぼく、お墓《はか》にいました。見たんです。この人じゃないです。その人が」

ぼくは、傍聴席《ぼうちょうせき》にうつった相原を指《ゆび》さした。

「中川《なかがわ》先生を刺《さ》していました」

そのとたんだ。

相原がものすごいいきおいで立ちあがり、弾丸《だんがん》のように外にとびだしていった。

「休廷《きゅうてい》にいたします」

裁判長《さいばんちょう》が、ちょっとあわてたようすでいった。

ぼくは、蝶《ちょう》ネクタイの弁護士《べんごし》さんの事務所《じむしょ》につれていかれて、セイのこと以外《いがい》、ぜんぶ話した。ぼくがそこにいたという証拠《しょうこ》に、猫《ねこ》の死体《したい》が墓地《ぼち》から掘《ほ》り出された。ぼくはそれに立ち会ったり、署名《しょめい》したり、裁判《さいばん》で証言《しょうげん》したりした。

結局《けっきょく》、屋敷《やしき》おじいは無罪《むざい》になった。すごく喜《よろこ》んで、メロンを持《も》ってうちにあいさつに来て、おかげでたすかった、ぼっちゃんのためならなんでもする、なんていった。

東京からテレビ取材班《しゅざいはん》がたくさん来て、ぼくにインタビューをしたいといったが、おかあさんはぜんぶことわった。自分もせっかく取材したのに、なぜか〈やまなみタイムズ〉には、裁判の記事《きじ》を書かなかった。

ぼくは、夏休みのあいだずっと、家ではなく、〈やまなみタイムズ〉の事務所《じむしょ》ですごすことになった。

「一人で外に出てはダメ。墓地も猫もダメ」

そう、いいわたされた。

警察《けいさつ》が指名手配《しめいてはい》して、あちこちさがしているというのに、相原《あいはら》はさっぱり行方《ゆくえ》がわからなかった。セイも怒《おこ》っているのか、ぼくの前には姿《すがた》を見せなくなった。

夏休みも終《お》わりに近づき、近くのやまなみ鍾乳洞《しょうにゅうどう》への親子遠足の日になった。〈やまなみタイムズ〉が毎年やっているイベントだ。

ぼくは行きたくない。参加《さんか》するのは、ちびばかりだ。だけど留守番《るすばん》もこわい。毎晩《まいばん》、相原《あいはら》が夢《ゆめ》に出てくる。あのときのように中川《なかがわ》先生を刺《さ》し、そのあと、ぼくのほうをふりかえる。そして、「しゃべったな」といいながら、包丁《ほうちょう》をかざして、ぼくに向《む》かってくるのだ。

ぼくは、しかたなくでかけた。〈やまなみタイムズ〉と書いた三角の旗《はた》を持《も》たされて、先頭を歩く。

「斗真《とうま》、もっとゆっくり歩いて。小さい子がついていけないから」

ときどき、列《れつ》の最後《さいご》を歩くおかあさんにしかられる。

ぼくは、さっきから先のほうにちらちらと見える人影《ひとかげ》が気になっていた。木立から出たり入ったりしている。そのたびに、こっちをふりかえっている。顔は見えないが、長い髪《かみ》のおとなだ。

相原《あいはら》か？

ちょっと足がふるえた。そのうち、人影《ひとかげ》は見えなくなった。

鍾乳洞《しょうにゅうどう》の入り口で入場料《にゅうじょうりょう》をはらい、懐中電灯《かいちゅうでんとう》を一人一本ずつ受《う》けとった。洞窟《どうくつ》の中に入る。ちびたちが、わあー、きゃあ、とさわぐ声が、こだまして何倍《なんばい》にもなってうるさい。

「斗真《とうま》は足が速《はや》すぎるから、いちばんうしろからいらっしゃい」

おかあさんにいわれて、ぼくは場所《ばしょ》を交代《こうたい》した。

鍾乳洞の公開部分《こうかいぶぶん》は、そんなに長くない。十五分もすれば、くるりとまわれてしまう。出口は川岸《かわぎし》のがけにあいている。おとうさんは出口で待《ま》っていて、出てくる参加《さんか》者《しゃ》を一人ずつ、記念写真《きねんしゃしん》に撮《と》る手はずになっている。

おかあさんを先頭に、ぼくらは、ゆっくりすぎるほどゆっくり進《すす》んでいった。中には、一か所《しょ》だけ天井《てんじょう》の低《ひく》いところがある。ぼくが前の人につづいて、そこをくぐろうとしたときだ。

ぼくのT《ティー》シャツの肩《かた》に、冷《つめ》たい手がかかった。

「こっちに来い」

おし殺《ころ》したような低《ひく》い声だ。

ぼくは猫《ねこ》みたいにとびあがった。声も出ない。相原《あいはら》か？

「まっすぐ行ったらだめだ。相原が中で待《ま》ちぶせてる」

つづいた声は聞きなれたものだった。セイだ。

ぼくは、ほっと息《いき》をはいた。相原じゃなくてよかった。

だが、セイはぼくの肩《かた》をつかんだまま、立ち入り禁止《きんし》の柵《さく》のほうへ、どんどんひっぱってゆく。鍾乳洞《しょうにゅうどう》の立ち入り禁止の部分《ぶぶん》は、迷路《めいろ》になっている。だれも行ったことのない場所《ばしょ》もたくさんあって、そこには、ついに出られなかった人の骸骨《がいこつ》があるという話だ。

「ほんとに、相原がいたの？」

「そう、あいつはずっと、このあたりにかくれてたんだ。オレは知ってた」

やっぱり、さっき道の先に見えたのは、相原だったんだ。

こうなったらしかたない。こんなところで相原と鉢合《はちあ》わせするのは、ごめんだ。

ぼくは、セイについて立ち入り禁止区域《きんしくいき》に入った。

洞窟《どうくつ》の天井《てんじょう》から、人の足ぐらいの鍾乳石《しょうにゅうせき》がつららのようにさがっていた。地面《じめん》には水がたまっていて、つるつるとすべった。

セイはどんどん先に進《すす》み、ぼくはすべってころびそうになりながら、追《お》いかける。

やっと、かわいた斜面《しゃめん》をみつけて、ならんですわった。

「セイ、ごめん。指切《ゆびき》りしたのに、約束《やくそく》やぶって」

ぼくは懐中電灯《かいちゅうでんとう》の薄明《うすあ》かりの中で、ひさしぶりのセイの表情《ひょうじょう》をうかがった。

「かまわないよ。オレだって、気になってたんだ。屋敷《やしき》おじいがたすかってよかった」

セイはそういって、ぼくのほうを見て、にっこりした。ほっとする。

「でも、こわいのは相原《あいはら》だよ、斗真《とうま》。絶対《ぜったい》、復讐《ふくしゅう》してくる」

やっぱりか。絶対か。

「斗真、懐中電灯、消《け》して」

セイが急《きゅう》に、するどい声でそういった。ぼくは懐中電灯のスイッチを切った。

あたりは真《ま》っ暗《くら》になった。まったく光がない。目の中に火花が散《ち》ったので、びっくりする。ぼくは目をこすった。火花なんて、あるわけはない。本当に真《ま》っ暗《くら》だと、こういう幻《まぼろし》が見えるんだな。

だが、それもちょっとの間《ま》だった。前をふうっと横切《よこぎ》る明かりが見えた。

今度は幻じゃない、本物《ほんもの》の明かりだ。

長い髪《かみ》の男が、懐中電灯《かいちゅうでんとう》を持《も》ってかがみ、進《すす》んでゆく。

相原《あいはら》にまちがいない。ぼくをさがしてるんだ。そう思うと、どきどきしてきた。

「こっちへ行こう」

セイは聞こえるか聞こえないかの声でいって、相原と反対《はんたい》のほうを指《ゆび》さした。

ぼくらは、懐中電灯を消《け》したまま、そっちへ進んだ。音がしないように、水たまりをはねないように歩くのはむずかしい。スニーカーは、すぐにびちょびちょになった。

進むにつれて、だんだん暗くなるが、暗いほうが安心《あんしん》できるような気がした。

やっと真っ暗になった。目の中にまた、火花の幻が見えてきた。

だが、そのときだ。うしろから急《きゅう》に光がさした。

人の足音が、光と水音といっしょに近づいてくる。

どういうことだろう。

相原《あいはら》は、あっちに向《む》かっていったのに。

迷路《めいろ》になっているから、まわりまわって、同じところに出たのかもしれない。

「おまえらかあああ、おぼえてろおおお」

洞窟《どうくつ》の中に、大きな声がこだました。

相原にまちがいない。

セイもぼくも、全力《ぜんりょく》で走りはじめた。うしろの足音もついてくる。

はあはあ、ばちゃばちゃという音が洞窟の中にひびく。だれの息《いき》か、どちらから聞こえるのか、何人なのかもわからない。

いったい、どこをどうまがったのか。必死《ひっし》で走るうち、ぼくは気がついた。

セイがいない。はぐれたんだ。

ぼくは懐中電灯《かいちゅうでんとう》をつけようとして、はっとした。何も持《も》っていない。

しっかりにぎっていたはずなのに。懐中電灯を落《お》としてしまった。

これじゃ、自分の手さえ見えない。

どうしていいかわからなくなって、水たまりの中にすわり、ひざこぞうをだいて泣《な》いた。

泣き声は洞窟《どうくつ》の中にこだました。

急《きゅう》に、バサバサという音がした。

だれか助《たす》けに来てくれたのか。

それとも相原《あいはら》か。

もう、だれかに会えるなら相原だっていいかもしれない、いや、やっぱり相原はおそろしい。殺《ころ》される。ぼくは息《いき》をとめて、耳をすました。

音は洞窟の中をひびきわたると、天井《てんじょう》あたりでぴたりととまった。

コウモリだったんだ。

がっかりだ。それから、どれぐらい時間がたったのだろう。ぼくは、うとうととねむってしまったらしかった。

目がさめると、ひどくおなかがすいている。

おしりが水につかっていたせいで、寒《さむ》い。夏なのに、体のしんがふるえている。

このままじゃ凍《こご》え死《し》ぬ。そして、ぼくが死んだことさえ、だれも知らないで、骸骨《がいこつ》になってしまうんだ。なんとかしなきゃ。

ぼくは、ふと気がついた。腰《こし》に当たる地面《じめん》の水は、ゆっくり流《なが》れていた。鍾乳洞《しょうにゅうどう》の出口は川に面《めん》しているのだから、水はひょっとして川に注《そそ》いでいるのかもしれない。ぼくは立ちあがった。そして、流《なが》れの方向《ほうこう》に向《む》かって歩きはじめた。

だいぶ歩いたときだ。

「とー、まー」

かすかな声が聞こえた。光が見えた。だれかがさがしている。ぼくはそっちに向かって走りだした。

「斗真《とうま》、斗真」

ライトつきのヘルメットをかぶったおとうさんが、洞窟《どうくつ》の中をかけてくる。

よかった。助《たす》かったのだ。ぼくは、おとうさんにしっかりだきとめられた。

セイが自力《じりき》で外に出て、すべてを話してくれていたのだった。レスキュー隊《たい》や近所《きんじょ》の人が、みんなで洞窟の中をさがしてくれていた。

ところで、相原《あいはら》のほうは、どうなったのか。

それ以来《いらい》、相原を見た者《もの》はいなかった。

警察《けいさつ》が、洞窟《どうくつ》の中や外をさがしたが、相原はみつからなかった。そのうち、指名手配《しめいてはい》のポスターもだんだん色あせてきた。どこか遠くに逃《に》げたのだと、みんなはいった。

セイもそういった。このあたりにいるのなら、ぼくらのところに来るはずだからと。

そうかもしれなかった。

だけど、ぼくはときどき思う。相原は洞窟の奥《おく》で、骸骨《がいこつ》の一つになっているのかもしれないと。

◆作者《さくしゃ》より

『トム・ソーヤーの冒険《ぼうけん》』は、アメリカを代表《だいひょう》する作家マーク・トウェイン（一八三五年―一九一〇年）が、南北戦争《なんぼくせんそう》直前のアメリカ中西部《ちゅうせいぶ》の町を舞台《ぶたい》として書いた小説《しょうせつ》です。日本では、安藤広重《あんどうひろしげ》が浮世絵《うきよえ》『東海道五十三次《とうかいどうごじゅうさんつぎ》』を描《えが》いたころの時代《じだい》でした。

いたずらなトムと自由人《じゆうじん》ハックの、二人の友情《ゆうじょう》と冒険《ぼうけん》を描いており、現在《げんざい》でも、映《えい》画《が》やアニメ、ゲーム、テーマパークのアトラクションなどの題材《だいざい》となっています。原作はかなり長く、ここであつかった殺人事件《さつじんじけん》・裁判《さいばん》・犯人《はんにん》からの逃走《とうそう》というミステリー要素《ようそ》のほか、いかだでの漂流《ひょうりゅう》、宝《たから》さがし、トムの恋《こい》、学校生活や家庭《かてい》生活などが織《お》りこまれています。作者はまえがきで、冒険の大半は自分や学校友だちに実際《じっさい》に起《お》きたできごとだ、と述《の》べています。

トウェインの作品《さくひん》にはほかに、ハックのほうを主人公《しゅじんこう》とした続編《ぞくへん》『ハックルベリイ・フィンの冒険』や『王子と乞食《こじき》』などがあります。

小さな見《み》張《は》り人《にん》

中川《なかがわ》なをみ

平太《へいた》はきょうも、火の見やぐらを見あげていた。短《みじか》くなった着物《きもの》のすそから、細い足が二本、ぬっと出ている。わらぞうりも古くて、いつやぶれてもおかしくないほどだった。

「父ちゃん、どうしよう……」

平太は、半月前に死《し》んだ父ちゃんに語りかけながら、これからどうしたらいいのかわからなくて、こまりきっていた。

「おれ、高いところはきらいなんだ。父ちゃん、知っているだろう?」

火の見やぐらの向《む》こうで、トンビがゆっくりと輪《わ》を描《えが》いている。

「いいなぁ、空を飛《と》べるなんて。高いところなんか、へっちゃらなんだろう?」

トンビに語りかけても、父ちゃんに話しかけても、だれも返事《へんじ》をしてくれない。

平太は、やぐらにつづくはしごに片足《かたあし》をのせてみた。

「いくらこわがりでも、まだ大丈夫《だいじょうぶ》だよ」

二段《だん》、三段とあがったものの、四段目に足があがらない。足もとを見ると、地面《じめん》がずっと下の方にあった。自分の体が宙《ちゅう》にういているようで、こわいったらない。

平太《へいた》は、はしごにしがみつくと、ぎゅっと目をとじた。するとたちまち、またあの日のことが目にうかんできた。

夏のあつい日の午後だった。

ひとりで火の見やぐらまでやってきた平太は、まわりをきょろきょろして、だれもいないのをたしかめた。

「よーし、いくぞー」

父ちゃんのように、いつか火の見やぐらにのぼってみたかった。父ちゃんは「あぶないから、ぜったいにだめだ」というけれど、平太はのぼってみたくてしかたない。

はしごに足をのせて、どんどんあがっていった。一段《だん》あがるごとに空に近づいていくようで、とても気持《きも》ちがよかった。

やぐらまで、あともうちょっとだった。

「なーんだ、かんたんにのぼれるや」

そう思ったとき、片足《かたあし》のぞうりが足からはずれた。下を向《む》いて、落《お》ちていくぞうりを見ているうちに、今度《こんど》は手がすべった。

「あぁーっ」

気がついたら、はしごの下に自分が落《お》ちていた。手足にきずをつけて、おしりがひどく痛《いた》かったけど、親にはばれなかった。でも、手がはしごからはなれたときのこわさは、今でもはっきりと覚《おぼ》えている。死《し》んでしまうと思った。

あのときから、平太《へいた》ははしごがこわくてたまらない。高いところが苦手《にがて》になった。


平太は、はしごにしがみついて、わなわなふるえていた。

「たすけてよー」

あまりのこわさに、大きな声も出なかった。

はしごをおりればいいのだ。それはよくわかる。けれど、足がもう動《うご》かなかった。

「平《へい》ちゃん」

うしろで、だれかがよんでいた。

「平ちゃん」

うしろをふりむきたいけど、今にも、はしごごとたおれそうなのだから、こわくて身動《みうご》きできない。

「平《へい》ちゃん、どうしたんだよ」

「よ、よっちゃん？」

となりの家の吉松《よしまつ》らしい。

「なんで、はしごにだきついてるの？」

「お、おねがいだから、はしごを持《も》ってて。はしごがたおれないように、しっかり持っててくれる？」

「いいよ。でも、はしごはたおれないよ」

吉松がはしごをささえていると思うだけで、平太《へいた》のこわさはふっとんだ。ほんの三段《だん》しかのぼっていないのに、下におりた平太は汗《あせ》でびっしょりになっていた。まだ桜《さくら》が咲《さ》きだしたばかりなのに、平太の体はあつくてたまらなかった。

平太と吉松は、ならんではしごの下にすわった。

吉松が着物《きもの》のふところから、竹の皮《かわ》のつつみをとりだした。竹の皮をひらくと、中からふたつのにぎりめしが出てきた。

「平《へい》ちゃん、いっしょに食べよう」

「え？　いいの？」

「うん、母ちゃんが、平ちゃんと食べなって、つくってくれたんだ」

「ありがとう」

父ちゃんが死《し》んでから、吉松《よしまつ》の母ちゃんがよく気にかけてくれていた。

平太《へいた》の母ちゃんは、村の家々でたのまれ仕事《しごと》をしている。ほとんどは田んぼや畑《はたけ》の農作業《のうさぎょう》の手伝《てつだ》いだったが、たまには、婚礼《こんれい》や葬式《そうしき》で、料理《りょうり》などの下準備《したじゅんび》をたのまれることもあった。

春先は農家《のうか》の作業が多くて、平太がまだ寝《ね》ているうちに、母ちゃんは仕事に出かけていった。

吉松がにぎりめしをほおばりながら、平太に話しかけた。

「平ちゃん、なんで毎日、ここに来るんだよ」

「だって、この火の見やぐらにのぼれないと、こまるじゃないか」

「どうしてこまるんだよ」

吉松《よしまつ》には、平太《へいた》が火の見やぐらにこだわるわけが、わかっていなかった。

村のまんなかにある、この火の見やぐらは、平太のひいおじいさんが建《た》てたものだった。

村から村へ薬《くすり》を売り歩いていたひいおじいさんは、あるときから薬売りをやめて、この村に住《す》みついた。

平太は、父ちゃんから聞いた話を思い出しながら、吉松の方へ顔を向《む》けた。

「よっちゃん、おれっちと火の見やぐらの話、聞いたことある?」

「なんだよ、それ。知らねえよ」

「聞いてくれる」

「ああ」

平太は吉松を相手《あいて》に、父ちゃんから聞いたことを、ぽつりぽつりと話しだした。

平太のひいおじいさんは、作造《さくぞう》といった。

ある日、作造は村長の家をたずねた。

「わたしは、ほうぼうの村を見てきました。村にとってこわいのは、火事《かじ》と戦《いくさ》です。

どちらも、早くにわかったら、村のためになります」

「そんなことはわかりきっとる。しかし、早くにわかるなど、できないことだ」

この村は、何年か前に、村の半分の家を火事《かじ》で失《うしな》った。山火事に気がつかなくて、村人が火を見たときには、もう消《け》す方法《ほうほう》がなかった。

戦《いくさ》にまきこまれて、刈《か》りとるばかりになっていた田んぼの稲《いね》を、たくさんだめにしたこともあった。街道《かいどう》に近いこの村は、ときどき、戦場《いくさば》へ行く兵隊《へいたい》たちにふみ荒《あ》らされる。

作造《さくぞう》は今まで、この村に来ると、いちばん最初《さいしょ》に村長の家へ行った。村長が村で力をもっているからというだけではなくて、その人柄《ひとがら》にほれたのだ。

作造は、村人を思う村長のことばに感動《かんどう》し、自分もいつか他人《たにん》の役《やく》に立つようになりたいと思っていた。

村長も、作造の話を聞くのが楽しみだった。広い世界《せかい》で見たり聞いたりした作造の話は、村長にとてもためになった。

「村長さま、この村に、うんと高い火の見やぐらを建《た》てたらどうでしょう」

火の見やぐらというのは、火事《かじ》が起《お》きたときにその場所《ばしょ》をたしかめたり、日ごろから火事がないか見張《みは》る場所にもなる。また、戦場《いくさば》が近ければ発見《はっけん》できるかもしれないし、あやしい人が村に来るのを見つけることもできる。

村長も、いつか火の見やぐらをつくりたいと思っていた。しかし、百姓《ひゃくしょう》しかいない村人だけで、がんじょうな火の見やぐらをつくるのは無理《むり》だし、村の外から人をたのむのは、お金がかかりすぎた。

作造《さくぞう》が身《み》をのりだした。

「わたしに、火の見やぐらをつくらせてください。きっと、高くて丈夫《じょうぶ》なものをつくります」

「なぜ、あんたが？　村人でもないのに」

「この村の人間になりたいのです。どうか、住《す》んでもいいといってください」

作造のねがいが、村長にはわからなかった。日本じゅう、どこでも好《す》きに動《うご》ける自《じ》由《ゆう》が、村長にはうらやましかったのだ。

でも、作造はちがった。このごろ、旅《たび》のくらしがつまらなくなってきた。住むところを決《き》めて家を建《た》て、となり近所《きんじょ》の人とつきあいながら、くらしていきたくなった。毎日、同じ景色《けしき》を見ながら、見知った人たちとなかよくくらしていけたら、どんなに幸《しあわ》せだろうと思う。

村長から、この村に住《す》んでもよいというゆるしは、なかなかもらえなかった。それでも、作造《さくぞう》はあきらめないで、何度《なんど》も村長におねがいをした。

作造の両親《りょうしん》は、作造が子どものころに亡《な》くなっている。多くの人がしているように、自分も住むところを定《さだ》めて家族《かぞく》をもち、ふつうにくらしていきたかった。

作造が本気でこの村に住みたがっているとわかった村長は、作造に念《ねん》をおした。

「よその人間を、かんたんに受《う》け入れるわけにはいかねえぞ。火の見やぐらは、ほんとうにつくれるのか」

「はい。火の見やぐらをつくって、毎日、やぐらで見張《みは》ります。子どもができたら、その子にも見張りをさせます。そのまた子どもにも見張りをさせて、きっと、村の役《やく》に立ちます。これは約束《やくそく》です」

村長は、作造の約束を村人に伝《つた》えた。どうにか村人たちが作造を受け入れたのは、やはり、火の見やぐらの話があったからだった。

そうして、三十二歳《さい》のとき、作造《さくぞう》はこの村に越《こ》してきた。


平太《へいた》の長い話を、吉松《よしまつ》はときどきうなずきながら、静《しず》かに聞いていた。

「じゃあ、平《へい》ちゃんも、父ちゃんみたいに見張《みは》りをやるのか？」

平太の父ちゃんもまた、母ちゃんと同じように、村の家のたのまれ仕事《しごと》をしてくらしを立てていたが、父ちゃんは、火の見やぐらで見張りをするのが一番の仕事だと思っていた。どんなにいそがしいときでも、朝と昼と夕方の三回は火の見やぐらにのぼったし、仕事のないときは、やぐらの上ですごす時間が長かった。

父ちゃんがぼやを見つけて、火事《かじ》にならなかったことは何度《なんど》もある。その父ちゃんも、もう死《し》んでしまった。

吉松が体をねじって、やぐらを見あげた。

「今度《こんど》は、平ちゃんの番てこと？」

「そうだなぁ……」

郵便はがき

料金受取人払郵便

牛込局承認

8554

差出有効期間
2018年11月30日
（期間後は切手をおはりください。）

162-8790

東京都新宿区市谷砂土原町3-5
偕成社 愛読者係 行

ご住所	〒□□□-□□□□ 都・道 府・県 フリガナ	
お名前	フリガナ	お電話

ご希望の方には、小社の目録をお送りします。　[希望する・希望しない]

本のご注文はこちらのはがきをご利用ください

ご注文の本は、宅急便により、代金引換にて1週間前後でお手元にお届けいたします。本の配達時に、【合計定価（税込）＋代引手数料300円＋送料（合計定価1500円以上は無料、1500円未満は300円）】を現金でお支払いください。

書名		本体価	円	冊数	冊
書名		本体価	円	冊数	冊
書名		本体価	円	冊数	冊

偕成社 TEL 03-3260-3221 ／ FAX 03-3260-3222 ／ E-mail sales@kaiseisha.co.jp

＊ご記入いただいた個人情報は、お問い合わせへのお返事、ご注文品の発送、目録の送付、新刊・企画などのご案内以外の目的には使用いたしません。

★ ご愛読ありがとうございます ★

今後の出版の参考のため、皆さまのご意見・ご感想をお聞かせください。

●この本の書名『　　　　　　　　　　』

●ご年齢（読者がお子さまの場合はお子さまの年齢）　　歳（ 男 ・ 女 ）

●この本のことは、何でお知りになりましたか？

1. 書店　2. 広告　3. 書評・記事　4. 人の紹介　5. 図書室・図書館　6. カタログ

7. ウェブサイト　8. SNS　9. その他（　　　　　　　　）

●ご感想・ご意見・作者へのメッセージなど。

ご記入のご感想を、匿名で書籍の PR やウェブサイトの感想欄などに使用させていただいてもよろしいですか？　〔はい ・いいえ〕

＊ ご協力ありがとうございました ＊

偕成社ホームページ　http://www.kaiseisha.co.jp/

Facebook も やっています！

「なんだ、いやなのか？」

「いやじゃないよ。いやじゃないけど……」

「なんだよ、どうかしたのかい？」

「うん、それが……」

はっきりしない平太《へいた》に、吉松《よしまつ》がぐさりという。

「平《へい》ちゃん、こわいんだろ？」

平太は下を向《む》いたまま、ぼそっといった。

「そうだよ、高いところがこわいんだ」

いいながら、平太は、自分がはずかしくてならなかった。

吉松は、まだやぐらを見ていた。

「高いよなー。おれだって、こわいや」

「えーっ、よっちゃんでも、こわいの？」

「あたりまえだろ？　平ちゃん、子どもには、見張《みは》りは無理《むり》だよ」

「そうかなぁ」

返事《へんじ》をしながら、平太《へいた》は、そんなふうに考えられたら、どんなにいいだろうと思っていた。

ひまさえあれば、やぐらにあがっていた父ちゃんの姿《すがた》が、平太の目に焼《や》きついている。

「よそ者《もの》を村の人間にしてくれた恩《おん》を、忘《わす》れちゃいけん。村長さんとの約束《やくそく》を忘れちゃいけん」と、父ちゃんは口ぐせのようにいっていた。

平太も小さいときから、自分もいつかは火の見やぐらにのぼって、見張《みは》りをするんだなあと思っていた。この家に生まれた子どもに決《き》められた仕事《しごと》だとも思っていた。

吉松《よしまつ》が立ちあがった。

「平《へい》ちゃん、もう、うちに帰ろう」

太陽《たいよう》が西にかたむいていた。

「そうだね。帰ろう。よっちゃん、にぎりめし、ありがとう」

ふたりがならんで歩きだしてすぐ、吉松が、平太の腕《うで》に自分の腕をからめてきた。

「平ちゃん、これからいっしょに、山へ行ってくれんか?」

吉松《よしまつ》が家でしなければならない仕事《しごと》のひとつに、たきつけ集《あつ》めがあった。かまどやふろばで火をおこすとき、火がすぐに燃《も》えるように、燃えやすい木《こ》の葉《は》や小枝《こえだ》などを山で集《あつ》めておくのだ。

平太《へいた》の家にはふろがなくて、吉松の家のふろを使《つか》わせてもらう。たきつけを集める手伝《てつだ》いなど、あたりまえのことだった。

平太は、きげんよくこたえた。

「いいよ。手伝ってあげるよ」

「うん」

いつもの山の入り口までできて、吉松が小さな声をあげた。

「あっ、忘《わす》れた」

「なに？」

「たきつけを入れるかごだよ」

「かご？　きょうは、いっぱい集めるってこと？」

いつもなら、木の葉は着物《きもの》のすそをまくりあげてつつみ、小枝は腕《うで》にかかえられるだけかかえて帰る。ふたり分なら、それで四、五日はもった。ごくたまに、吉松《よしまつ》が背《せ》負《お》ってきたかごを使《つか》うことがあったけれど、おとな用のかごは大きすぎて、かえってじゃまになった。

吉松が平太《へいた》にこたえた。

「母ちゃんにいわれたんだ。いつまでも、子どもの手伝《てつだ》いじゃだめだって。一人前の仕事《しごと》をやれって。父ちゃん、足が悪《わる》いしな」

吉松の父ちゃんは、片足《かたあし》を引きずって歩く。

「よっちゃんも大変《たいへん》だね」

「うん」

返事《へんじ》をするなり、吉松は家に向《む》かってかけだした。

吉松の家は、山からちょっとはなれている。ここにもどってくるまでに、少し時間がかかるかもしれない。それまでに、できるだけ多くたきつけをさがしておこうと、平太は山の中に入っていった。

山といっても里山《さとやま》で、村の近くにあって、奥《おく》もそんなに深《ふか》くない。子どもの足でまっすぐにつきすすんでいったら、一時間もしないうちにとなり村に出る。

山に入って空を見あげると、西の方向《ほうこう》が赤く染《そ》まっていた。

（いそがないと、すぐに暗《くら》くなるぞ）

春になって、明るい時間は長くなったけれど、山は、陽《ひ》が落《お》ちたらすぐにまっ暗になる。平太《へいた》はいそいで枯《か》れ枝《えだ》を集《あつ》めはじめた。

山の入り口はすでに、ほかの子どもたちが集めてしまったのか、枯れ枝はあまり落ちていなかった。枯《か》れ葉《は》はいっぱいあるが、葉っぱは、少しぐらい暗くなっても、手さぐりで集められる。

明るいあいだに、できるだけたくさん小枝《こえだ》をひろって、入り口のわかりやすいところに集めておきたい。そうすれば、吉松《よしまつ》がかごを背負《せお》ってもどってきたとき、すぐに仕事《しごと》を終《お》わらせられる。

平太は山の斜面《しゃめん》にひざをついて、つぎつぎに枯れ枝をひろっていった。腕《うで》にかかえられなくなると、入り口に運《はこ》んで、枯れ枝をためていった。

斜面と入り口を何度《なんど》も行ったり来たりしているうちに、小枝の山はそれなりに大き

くなっていた。

平太《へいた》は、ひたいにうかんだ汗《あせ》をそでぬぐった。

「あー、よかった。たくさん集《あつ》められて。よっちゃんの来るのがおそくても、あとはかごに入れて運《はこ》ぶだけだ」

ほっと安心《あんしん》したあと、平太は斜面《しゃめん》にしりをおろした。

ひざをかかえる平太の目のうらに、気になっていた、高い火の見やぐらがうかんできた。

口をついて出てくるのは、同じ言葉《ことば》だ。

「ああ、どうしよう。こまったなあ。高いところがこわいのは、生まれつきかなあ？それとも、あのとき、はしごから落《お》ちてこわかったからかなあ」

するするとはしごをのぼっていく父ちゃんの姿《すがた》は、忘《わす》れられない。こわいもの知らずの勇《いさ》ましい男に見えて、どんなにじまんに思ったことだろう。

子どもは親に似《に》るというけれど、自分は父ちゃんにちっとも似ていないと、腹《はら》が立った。

斜面《しゃめん》にすわってじっとしていると、汗《あせ》がひくどころか、じわじわと寒《さむ》くなっていった。平太《へいた》は両手《りょうて》でまわりの枯《か》れ葉《は》をかきあつめて、自分の腰《こし》やひざのあたりにかさねていった。枯れ葉におおわれたところが、ほわーっとあたたかくなっていった。味《あじ》をしめた平太は、斜面にごろんとねころがって、腹《はら》や胸《むね》の上にも枯れ葉をのせていった。

「あったかーっ。ふとんの中みたいだ」

気持《きも》ちのよいあたたかさにつつまれて、平太のまぶたが重《おも》くなっていく。

「平太、ねるなっ。ねたらだめだっ。こんなところでねたら……」

声に出してねむけと闘《たたか》っている平太の前に、火の見やぐらがすーっとあらわれてきた。はしごの下で、平太が声をはりあげている。

「父ちゃーん、おりてきてくれよー」

父ちゃんが、やぐらから身《み》をのりだして下を見た。

「どうした。なにかあったかーっ？」

「よっちゃんのばあちゃんがけがして、血《ち》がいっぱい出て……」

父ちゃんは平太《へいた》がいいおわるよりも前に、はしごをおりはじめた。

村に病人《びょうにん》やけが人が出ると、となり村の医者《いしゃ》まで荷車《にぐるま》でつれていく。よっちゃんの父ちゃんは足が悪《わる》いから、力のいる仕事《しごと》は、平太の父ちゃんが代《か》わることになっていた。

はしごをおりきった父ちゃんが、平太の両肩《りょうかた》に手をおいて、平太の目をみつめた。

「はしごをのぼってくれるか？　やぐらまで行かなくていいから。しっかり見て、なにかあったら、村長さんに知らせるんだ。どうだ。できるか？」

父ちゃんの目はこわかった。

平太がうなずくと、父ちゃんは平太の頭をぐりぐりなでてから、家の方へ走っていった。

平太は、はしごの下でわらぞうりをぬいで、はだしになった。はしごですべるとあぶないからだ。はしごになんか、いっぺんだって、まだのぼったことがないのに、どうしてそんなことを知っているのか、不思議《ふしぎ》だった。

ほとんど上にまっすぐのびているような細いはしごを、平太はするするとのぼっていった。まるで、父ちゃんみたいだった。

平太《へいた》はのぼりながら、どんどん高くなっていくのが楽しくてしかたなかった。自分はどうして、こんなに高いところが好《す》きなんだろうと思う。はしごを一段《だん》あがるごとに、体がふわっと軽《かる》くなっていくのがわかった。

やぐらまで、もうちょっとというところで、突然《とつぜん》、はしごがゆれだした。ぐらぐらと体がふるえてとまらなかった。

「おい、おいったら」

目をあけると、吉松《よしまつ》が両手《りょうて》で平太の肩《かた》をゆさぶっていた。

「なんだ、よっちゃんか」

目がさめたあとも、平太はまだ、はしごをのぼっているような気がしている。高いところが好きな自分が、はっきりと見えた。体が軽く感《かん》じられる気持《きも》ちのよさも、なまなましく覚《おぼ》えている。

「さっさと仕事《しごと》して、帰ろう」

「そうだね」

吉松《よしまつ》が背負《せお》ってきたかごの中には、もう一つかごが入っていた。小さい方が平太《へいた》用《よう》だ。

吉松は大きなかごに半分ほど枯《か》れ枝《えだ》を入れ、平太は小さいかごいっぱいに枯《か》れ葉《は》を入れた。

山を出たときには「軽《かる》い軽い」といいあっていたのに、すぐに、背負《せお》いひもが肩《かた》にくいこんできた。

大きすぎるかごを背負った吉松は、よろけるように歩いている。

「平《へい》ちゃん、重《おも》いだろ?」

「うん、早く帰ろ」

それきり、ふたりは話さなくなった。重たすぎて、もう声を出すのもいやだった。だまりこんで、もくもくと夕暮《ゆうぐ》れの道を歩いていった。

平太は肩の痛《いた》みをがまんしながら、さっき見た夢《ゆめ》を思い出していた。するすると、細くて急《きゅう》なはしごをのぼったのは、たしかにこの自分だった。のぼりながら、心がうきうきしていったのを、決《けっ》して忘《わす》れることができない。

吉松《よしまつ》の家が見えてきた。

「ついたっ」

吉松が、つぶやくのと同時に、どさっとかごをおろした。

平太《へいた》も同じようにかごをおろすと、「よっちゃん、またあとで」といいのこして、ぱっとかけだした。

平太は、まっしぐらに火の見やぐらにむかった。どうしても、たしかめなければならないことがあった。

薄暗《うすぐら》がりの中に、火の見やぐらはすっくと立っていた。

平太は夢《ゆめ》で見たように、わらぞうりをぬいだ。そして、はしごを両手《りょうて》でにぎると、いちばん下の段《だん》に足をのせた。一段、また一段とのぼっていった。四段目に来たとき、ちょっとだけ足がふるえた。こわかった。でも、まだのぼれると思った。五段目、六段目、七段目に片足《かたあし》をのせたとき、平太は、はしごにだきついていた。足の下がすうすうして、宙《ちゅう》ぶらりんになっていると感《かん》じたとたん、体じゅうがぶるぶるふるえだした。あまりのこわさに、声も出なかった。涙《なみだ》が、あとからあとからあふれでてきた。

はしごにしがみついた平太《へいた》は、しばらくのあいだ、なにも考えられなかったけど、ふいっと吉松《よしまつ》の姿《すがた》がうかんだ。大きなかごを背負《せお》って、よろよろと歩いていた吉松は、おとなの仕事《しごと》をしていたのだと気づいた。

平太は歯《は》をくいしばって、はしごを一段《だん》一段おりはじめた。もしも落《お》ちたとしても、死《し》ぬことはないだろうと思った。

その日の夜、平太がふとんの中に入ると、母ちゃんが近くに来た。

「平太、枯《か》れ葉運《はは こ》び、ごくろうさま。火の見やぐらにものぼったんだってね。よっちゃんから聞いたよ。平太は小さいときから、父ちゃんのあとばっかり追《お》いかけていたから、いつか、父ちゃんみたいになるんだろうね」

平太には、なにもいえなかった。ただ、高いところが好《す》きになりたかった。

「平太……」

ねむくて、母ちゃんの声がどんどん遠くなっていく。音がすっかりなくなって、静《しず》かになったのも、ちょっとの間だった。

「平太。えらいぞ。こわくないのか?」

いつの間にか、平太《へいた》は父ちゃんといっしょにやぐらの中にいた。なぜか、平太は父ちゃんと肩《かた》をならべている。

「少しこわい。でも、気持《きも》ちがいいよ」

平太の声は、おとなの声になっていた。

「そうか、よかった。見張《みは》りができるようになったんだなぁ。平太、村を守《まも》ってくれよ」

「心配《しんぱい》いらないよ」

平太は、自分の太い声で目がさめた。

ひとりでそうっと外に出てみると、東の空に太陽《たいよう》がのぼりかけている。

平太はまた、火の見やぐらへ行った。

ぞうりをぬいで、はしごをゆっくりのぼっていく平太の背中《せなか》に、朝日が当たっていた。

「のぼれるところまで行ってみよう」

平太は、ゆっくりとはしごをのぼっていった。こわいと感《かん》じるところまで行ってみようと思う。無理《むり》をしなくても、やぐらにのぼって見張《みは》りをするのは、もっと大きくなってからでいいと、わかった。

「父ちゃん、教えてくれてありがとう。大丈夫《だいじょうぶ》だから、きっと見張りの仕事《しごと》ができるようになるから。それまでに、高いところが好《す》きになるよ。だって、もともと、好きだったような気がするよ」

平太《へいた》の足は、十段目《だんめ》にさしかかっていた。

◆作者《さくしゃ》より

この作品《さくひん》は、ジャック・オッフェンバックが作曲《さっきょく》した、オペラの『ホフマン物語《ものがたり》』を参考《さんこう》にして生まれました。

詩人《しじん》のホフマンは、詩を作ることに自信《じしん》をなくしていました。ある日、酒場《さかば》で恋人《こいびと》を待《ま》ちながら、うとうとと居眠《いねむ》りをします。そのときに何度《なんど》か夢《ゆめ》を見るのですが、見《み》終《お》わったあと、ふたたび詩人としての自分に自信をとりもどします。ホフマンの友だちも、大事《だいじ》な役割《やくわり》をはたしています。

夢の話といえば、はかなくて意味《いみ》のないもののように思われます。でも、ときには、人生の大事なヒントが集《あつ》まっていると、感《かん》じることがあります。

この作品の主人公《しゅじんこう》、平太《へいた》も、ホフマンのように、夢のあとで自分に自信を持《も》ちます。そして、将来《しょうらい》に向《む》けて力強くふみだしていくことになります。人生に希望《きぼう》と勇気《ゆうき》をあたえてくれる「夢」って、すてきです。平太はきっと、友だちの吉松《よしまつ》といっしょに、たのもしいおとなに成長《せいちょう》していくことでしょう。

青色のリボン

濱野京子《はまのきょうこ》

1

ここはどこだろう。

身体《からだ》じゅうが痛《いた》い。そうだ、わたし、がけからすべり落《お》ちて、気を失《うしな》い……。

たくさんの目にとりかこまれた気がする。あれは、獣《けもの》？　それとも人？

そんなことを思いながら、タオはまた深《ふか》い眠《ねむ》りに落ちていった。


その数時間前。

タオは、必死《ひっし》で石だらけの河原《かわら》を歩いていた。河原の両側《りょうがわ》は切り立ったがけだった。

この場所《ばしょ》の探索《たんさく》をはじめてから、すでに何日もたっていた。何か見つけなければ。きっと見つかるはずだ。タオが、いや、タオと仲間《なかま》たちが求《もと》めているものが、きっと。

ところが、しばらくして大きな山に、行《ゆ》く手《て》をはばまれた。高くそそり立つ岩山はとてものぼれそうもなかった。ここで行き止まりかと、舌打《したう》ちする。それでも、なんとかよじのぼって、岩山の最初《さいしょ》のくぼみまではいあがる。すると――。

「あれ？」

くぼみの先から、かすかな光がもれている。そのくぼみはずっと奥《おく》までつづいていて、光はそこからもれているようだった。もしかしたら、この穴《あな》をたどっていくと、山の向《む》こうに抜《ぬ》けられるかもしれない。タオは、行けるだけ行ってみようと思った。

人がやっともぐりこめるほどの穴だが、すすんでいくうちに、光はだんだんと大きくなった。

そして、そこを抜けたと思ったとたん、タオは斜面《しゃめん》をすべり落《お》ちて、気を失《うしな》ったのだった。


「※○▼＊■◎？」

話し声がして、タオは目をひらく。ここは家の中らしい。半身《はんしん》を起《お》こす。タオはやわらかな布団《ふとん》の中にいた。

相手《あいて》はどうやら人……女の人のようだった。そして、笑《わら》っているみたいだと思った。

その人は、不思議《ふしぎ》な服《ふく》を着《き》ていた。ふんわりとした布《ぬの》の服で、腰《こし》のあたりをひもで結《むす》んでいる。いったい何者《なにもの》なのだろう。見た目はタオとかわらない人間のようだった。顔には、二つの目に一つの口、鼻《はな》、耳……そして手足が二本。直立歩行。

それから、目の前に何かをさしだされた。このにおいは、食べ物《たもの》だ。タオのおなかがぐうっと鳴った。相手《あいて》の人は、にっこり笑《わら》った。タオよりはずいぶん年上かもしれない。

「どうもありがとう」

タオは器《うつわ》を受《う》けとると、スプーンを手に食べはじめる。器もスプーンも初《はじ》めて見るが、木でできているようだった。ほんのりあたたかい小さなつぶつぶは、これまで食べたこともないもので、ちょっと不安《ふあん》になったが、空腹《くうふく》には勝《か》てなかった。

「おいしい」

これは米をたいたものだろうか。

一気《いっき》に食べてしまってから、また、自分はなぜここにいるのだろう、と考える。

「あなたが助《たす》けてくれたのですか？」

「◇＋●△※○＊◆」

言葉《ことば》はわからないが、なんとなく伝《つた》わった気がした。

ふと、自分のかっこうを見ると、相手《あいて》と同じような衣服《いふく》をまとっていた。

「あの、わたしの服は？」

相手の人が指《ゆび》さす。服は部屋《へや》のかたすみにきちんと置《お》いてあった。ヘルメットもブーツもならべてある。

そうだ、時計、と思って腕《うで》を見る。そして、腕時計式《うでどけいしき》のコンピュータを立ち上げると、翻訳機能《ほんやくきのう》をさがした。

翻訳ソフトが、相手の話す言葉を分析《ぶんせき》して変換《へんかん》をはじめた。やがて、たどたどしい言葉だが、いっていることがわかるようになった。

その人は、自分はこの村の村長だと語った。そして、昨夜《さくや》、タオが山の斜面《しゃめん》でたおれていたので、村人たち何人かでここにはこんで、けがの手当てをしてくれたのだという。名前をきかれて、タオはゆっくりと答えた。

「わたしは、タオです」

タオの言葉を、コンピュータが相手の話す言葉になおす。

「あなたはタオ。タオ、けが、なおるまで、ゆっくりして」

「あの、ここは、どこですか?」

「ここは、わたしの家」

そうでなくて、とタオは思った。

「……ここは、なんという星の、なんという国、なのですか?」

「それに、答えるのは、むずかしいこと。タオ、今は、もう少し、休むといい」

村長は静《しず》かに笑《わら》うと、部屋《へや》から出ていった。

2

タオが起《お》きあがったのは、次《つぎ》の日の昼近くだった。よほどつかれていたようだ。

ようやく立ちあがったタオの髪《かみ》から、青いリボンがぱらりと落《お》ちた。タオはリボンで髪を結《むす》びなおして、あらためて部屋を見る。床《ゆか》も、壁《かべ》ぞいにおかれた物入《ものい》れも、ベッドも、すべて木製《もくせい》だった。ベッドのそばにあった木のサンダルをはいて、窓辺《まどべ》に近づくと、窓から外をながめた。

四方《しほう》を山にかこまれた、のどかな風景《ふうけい》がひろがっていた。すぐそばに小川が見えた。そのほとりに、大きな樹木《じゅもく》が何本もならび、いっせいにピンク色の花を咲《さ》かせている。対岸《たいがん》の畑《はたけ》を人々がたがやし、子どもたちはそのまわりで遊《あそ》んでいた。みな、村長と同じような、ゆったりとした布《ぬの》の服《ふく》を着《き》ている。畑のふちには黄色い小さな花が咲いていた。空は晴れて、山々は青く美《うつく》しかった。

「これが、春らしい景色《けしき》というものなのかな」

ピーピチピチと、鳥のさえずりが耳にとどく。本物《ほんもの》の鳥だ。

ここには、いい空気があるのだ。マスクもなしに、大地の上を人が歩いている！

そういえば、この窓《まど》のガラスも薄《うす》い。これでは、すきま風さえ入ってくるかもしれない。

タオは思いきって、窓をあけてみた。

「空気がおいしい」

こんなふうに、思いきり外の空気をすえるなんて。

タオが窓から見ていることに気がついたのか、子どもたちが近づいてきた。

いっせいに話しかけられて、タオはあわててさけんだ。

「ゆっくりしゃべって！」

時計形のコンピュータがそれを伝《つた》える。

子どもたちは、にこにこ笑《わら》って、

「お姉さん、どこから来たの？」

「けがは大丈夫《だいじょうぶ》？」

「歩けるようになった？」

などと口々に聞いた。

なかには、小さな動物《どうぶつ》をつれている子がいる。あれは、犬？

「ありがとう。わたしはタオというの。少し痛《いた》いけれど、歩けるわ」

「じゃあ、外に出ておいでよ。遊《あそ》ぼうよ」

女の子にさそわれて、タオは、外に出てみた。

外はいっそう気持《きも》ちよかった。

やわらかな日差《ひざ》しの中、たえず鳥の声が聞こえてくる。ほのかに甘《あま》い花の香《かお》りにさそわれるように、タオはゆっくりと川のほとりを歩いていった。水は清《きよ》らかに澄《す》んで、飲《の》めそうだった。そっと手をさし入れてみると、ひんやりして冷《つめ》たかった。

村長の家の前に立つ大きな木から、ピンクの花びらが落《お》ちてきて、タオは手で受《う》けとめる。これは、なんという花なのだろう。

「桃《もも》の花」

タオを外へとさそった女の子が教えてくれた。桃の花……。昔《むかし》、どこかで聞いたような気がした。

子どもたちが歌をうたっていた。歌詞《かし》はよくわからなかったけれど、耳に心地《ここち》よかった。

畑《はたけ》ではたらくおとなたちも、にこやかにタオに手をふる。だれもが、タオがここにやってきたことを知っているようだ。

少し腰《こし》がまがったおばあさんが、声をかけてきた。

「元気になったかね」

すると、子どもたちが代《か》わりに教える。

「この人は、タオっていうんだよ」

思わず、タオも笑顔《えがお》になった。

タオは、だんだんと身体《からだ》がここの空気になじんできたことを感《かん》じた。これが、地上で暮《く》らすということなのだろうか。

人々は、だれもがおだやかでやさしかった。

やがて、昼時《ひるどき》になり、タオは村長の家にもどった。

「身体《からだ》も、ずいぶん、回復《かいふく》したようですね。若《わか》い人は、なおりが早い」

「ありがとうございます。みなさんのおかげです」

村長の家族《かぞく》は、年老《としお》いた両親《りょうしん》と、村長の夫《おっと》、娘《むすめ》と息子《むすこ》が一人ずつで、全部《ぜんぶ》で六人だった。娘は、さっきタオに桃《もも》の花を教えてくれた少女だった。

食事《しょくじ》は、ごはんとスープ。野菜《やさい》の煮物《にもの》。卵《たまご》を焼《や》いたもの。いろどりも美《うつく》しく、どれもおいしかった。

みんなが、タオの腕時計《うでどけい》から声が聞こえるのを、ものめずらしそうに見ていた。

「お客《きゃく》さんは、じつに、久《ひさ》しい」

「ということは、前にも来た人がいるのですね。この星には、ほかにどんな国、それとも……村があるんでしょうか」

タオは聞いた。人の住《す》むところが国とはかぎらないことを思い出しながら。けれども、村長は、ただ静《しず》かに笑《わら》って首を横《よこ》にふる。

「わたしたちには、わたしたちの暮《く》らしがある。それを守《まも》る、だけです」

「前にお客さんが来たというのは、いつなんですか？」

「はっきり、わかりません。わたしの、生まれる前」

「わしの、子どものころ。空から、客人《きゃくじん》、来た」

白いひげの老人《ろうじん》が答えた。


村長の娘《むすめ》は、ユエンという名前だった。年を聞くと六歳《さい》だと答えた。午後になっても、タオのそばをはなれなかった。

タオは、ユエンからこの星のことをいろいろ教えてもらった。

この村に住《す》んでいるのが、三百人ぐらいであること。畑《はたけ》をたがやしたり、ブタやニワトリなどを飼《か》ったりしながら暮《く》らしていること。

この大地の地《じ》つづきに、ほかにも同じような村があるかどうかは、わからないこと……。

「タオ、わたし、知ってる。タオも、空から来たよね。タオがこの村に来る少し前、空が光った」

「そうね。わたしは、空からやってきたの。青い星をさがして」

「青い星?」

「そう。青い星には、きっと水がある。地上の楽園」

タオは少し悲《かな》しそうに笑《わら》った。すると、ユエンが意外《いがい》なことを口にした。

「あたし、おばあちゃんに聞いたことある」

「聞いた?」

「昔《むかし》、戦《いくさ》があった。わたしたちの祖先《そせん》、逃《に》げてきた。ここに、みんなで住んだ」

「……本当に?」

それならば、ここの人たちも、タオと同じなのだろうか。もしかしたら、ここの村人たちならば、タオたちを受《う》け入れてくれるかもしれない……。

タオは、村の人々に話して、頼《たの》んでみようと思った。

3

タオは宇宙船《うちゅうせん》で生まれた。その船には、百人ほどの人が暮《く》らしていた。昔《むかし》、戦乱《せんらん》から逃《のが》れるために、とある星から脱出《だっしゅつ》して、理想《りそう》の星を求《もと》めて旅立《たびだ》った人々の子孫《しそん》だ。船の人々をまるごと受け入れてくれる星は、見つからなかった。もともと、果《は》てない宇宙の中に、タオたちが住《す》める星は、きわめて少ないのだ。

十四歳《さい》で探索《たんさく》チームに入ったタオは、青い星が見つかると、一人乗《ひとりの》りの探査艇《たんさてい》に乗って、その星をめざした。ここは、タオが降《お》り立った何番目かの星だったが、生物《せいぶつ》の住む星は初《はじ》めてだった。

ほかの探索チームのメンバーの話では、生命体《せいめいたい》に出会うこと自体、めったにないことだという。まれにめぐりあっても、そこに住めるとはかぎらない。人間には適《てき》さない星もある。それに、人間に近い生命体《せいめいたい》に出会うことは、さらに少ない。出会ったとしても、うまくいかない場合もある。タオが生まれるずっと前の話だが、いきなり攻《こう》撃《げき》されて、ひどい目にあった探索《たんさく》メンバーもいたという。

宇宙船《うちゅうせん》の暮《く》らしは、それなりに快適《かいてき》だった。病気《びょうき》をすることもなかったし、だれもが、土の上で暮らしていたころにくらべて、長生きらしい。それでも人々は、地上での暮らしをなつかしむ気持《きも》ちを捨《す》てることができなかった。それに、人数が少しずつへっていくのだ。最初《さいしょ》に出発《しゅっぱつ》したときにくらべて、半分以下《いか》になってしまった。それというのも、新しい命《いのち》がなかなか生まれないからだ。

船の中でいちばん年をとっているのは、長老《ちょうろう》とよばれる男の人だが、人間はもともと大地で生きることが大事《だいじ》なのだ、といつも語っていた。

その夜、タオは、村長にいった。

「村長さん、わたしは、空からここに降《お》りてきました。わたしたちは、あなたたちと同じ。戦乱《せんらん》をさけて、宇宙に旅立《たびだ》ったのです。青い星を求《もと》めて。そして長いあいだ、宇宙《うちゅう》の旅《たび》をつづけてきましたが、わたしたちが暮《く》らすのにふさわしい場所《ばしょ》は見つかりませんでした。でも、ここはすばらしい場所です。もしも、わたしたちがここに移住《いじゅう》することを決《き》めたら、あなたたちは、受《う》け入れてくれますか？　わたしたちは、あなたたちと同じです。争《あらそ》うことはきらいなのです」

「数は、どれくらい？」

「船で暮らしているのは、百人ほどです」

村長は、少し考えてからいった。

「畑《はたけ》をもっとひらけば、住《す》むことは、なんとかなる、かもしれません」

そこが問題《もんだい》なのだ。宇宙船《うちゅうせん》で暮らす人々の中には、地上での暮らし方を知っている者《もの》など、だれもいない。

タオが生まれる前に、空気のいい無人《むじん》の星を見つけて降《お》り立ち、畑をつくろうとしたことがあるらしい。けれど、コンピュータの伝《つた》える知識《ちしき》だけでは、実際《じっさい》の仕事《しごと》の手《て》助《だす》けにはならなかった。それに、宇宙船で暮らす人々の多くは、地上ではたらくだけの体力がなかったのだ。

「じつは、わたしたちは、一部《いちぶ》の者《もの》をのぞいて、地上で暮《く》らすにはひ弱すぎるのです。自分で家を建《た》てたり、畑《はたけ》ではたらけるようになるには、時間がかかるかもしれない。ですから、大地で生きるための知恵《ちえ》を、わたしたちに教えてほしいのです」

「それはかまいませんが……ただ、急《きゅう》に百人もふえたら、食糧《しょくりょう》が足りません」

「最初《さいしょ》のうちは、わたしたちは、宇宙食《うちゅうしょく》で暮らします。ここの食事《しょくじ》のようにおいしいものではないですが」

村長は、しばらく考えてから、

「あなたたち、本当に争《あらそ》いを好《この》まない人々なのですね」

と、タオに聞いた。

「もちろんです。闘《たたか》うだけの力もありません」

「ならば、明日、村のみんなに、聞いてみましょう」

次《つぎ》の日、ニワトリが鳴くのと同時に、村人たちが村長の家の前に集《あつ》まってきた。タオもその場に参加《さんか》した。

人々の意見《いけん》はいろいろだった。すぐに受《う》け入れていいという人もいたが、そうではない人も少なくなかった。食糧《しょくりょう》をめぐって争《あらそ》いが起《お》きないかと心配《しんぱい》する声もあった。

それでも、最後《さいご》には、助《たす》け合《あ》いが大切《たいせつ》だということになり、受《う》け入れが決《き》まった。


その日の昼に、タオはお米でつくった弁当《べんとう》をみやげにもらって、帰ることになった。

「また、会えるよね、タオ」

ユエンが名残惜《なごりお》しそうにいった。

「もちろん。すぐにもどってくるからね」

タオは、借《か》りていた服《ふく》を村長に返《かえ》した。そして、自分の髪《かみ》を結《むす》んでいた青いリボンをはずすと、ユエンにわたした。

「きれい。表面《ひょうめん》につやがあって」

「これは、特殊《とくしゅ》な布《ぬの》でつくられたリボンなの。いつまでも輝《かがや》きを失《うしな》わないのよ」

「ありがとう、タオ。このリボンは、木の枝《えだ》に結《むす》ぶね。タオがもどってきたとき、すぐにわかるように。タオがもどったら、そのとき、髪に結ぶから」

タオは、自分がすべり落《お》ちた山の斜面《しゃめん》をのぼって、村をふりかえった。桃《もも》の花びらが風に舞《ま》って、空がピンク色にかすんで見えた。子どもたちが、桃の木にのぼって手をふってくれた。いちばん高い木にのぼったユエンは、リボンを枝先《えださき》に結《むす》んだ。青いリボンが、風に吹《ふ》かれてひらひらとただよっていた。

タオは、最後《さいご》にもう一度《ど》手をふってから、岩山の穴《あな》を通りぬけた。

ふたたびここに来るときに迷《まよ》わないようにと、道のところどころに目じるしを残《のこ》した。ナイフで木の幹《みき》に傷《きず》をつけたり、道の途中《とちゅう》に、記号《きごう》をきざんだりしたのだ。

やがてタオは、船――探査艇《たんさてい》をおいた場所《ばしょ》にもどってくると、特殊《とくしゅ》な繊維《せんい》でできた宇宙飛行用《うちゅうひこうよう》のスーツを着《き》こみ、自動操縦《じどうそうじゅう》のセットをした。そして、スリープカプセルに入り、母船《ぼせん》をめざしたのだった。

タオは、ぶじ宇宙船にもどった。

「タオ!　よくぶじに帰ってきたな」

「はい。大丈夫《だいじょうぶ》です。船長、ミュー418739星の探索終了《たんさくしゅうりょう》。平和的人類《へいわてきじんるい》が生存《せいぞん》しています。移住可能《いじゅうかのう》のすばらしい星です」

「本当か？　では、みなを集《あつ》めるので、報告《ほうこく》せよ」

宇宙船《うちゅうせん》で暮《く》らす人々が集まってきた。

「タオ、おかえり！」

とびついてきたのは、ミンという名の七歳《さい》の子だった。タオが妹のようにかわいがっている活発《かっぱつ》な女の子だ。

タオは、船の人々全員《ぜんいん》の前で、探索結果《たんさくけっか》の報告をした。すると、人々がどよめいた。

「マスクなしに呼吸《こきゅう》のできる星があるとは、まさにユートピア。わしらが長く夢見《ゆめみ》た地上の楽園だ」

そうさけんだのは、いちばん年をとった長老《ちょうろう》だ。しかし、長老だって、実際《じっさい》に地上で暮らしたことはないのだ。

「わたしたちがずっと望《のぞ》んでいた、大地の暮らし。それが、本当にできる日がおとずれようとは、長生きするものですね」

ばばさまがいった。長老の次《つぎ》に年をとっている女の人だ。ばばさまは、静《しず》かに涙《なみだ》を流《なが》した。ばばさまだけではなかった。長いあいだ、夢《ゆめ》にまで見ていた地上の楽園が、ついに見つかったのだから。

「しかし、けっして楽なことではない。地上は、船の中とはまったくちがう世界《せかい》だからな」

船長が、最高責任者《さいこうせきにんしゃ》らしく重々《おもおも》しい口調《くちょう》でいった。

「それは、もちろん承知《しょうち》している。みずからの手ではたらくという、久《ひさ》しくかなえることができなかった夢の実現《じつげん》なのだから、多少の困難《こんなん》がなんであろう」

長老《ちょうろう》の言葉《ことば》に、多くの人々がうなずいた。すると、すぐにミンがきいた。

「タオ、手ではたらくって、どういうこと?」

「自分の手で、道具《どうぐ》を持《も》って、土をおこしたり、種《たね》をまいたり、刈《か》りとったりするのよ。ブタやニワトリも育《そだ》てるのよ。かつてわたしたちが暮《く》らしてた星の生《い》き物《もの》について、ミンも勉強《べんきょう》したでしょ。その星には、同じ生き物がいるの。最初《さいしょ》は大変《たいへん》かもしれないけれど、きっとミンにもできるわ」

「土なんて、見たことないなあ」

「そうね。わたしも初《はじ》めて見たわ。不思議《ふしぎ》なにおいがする。花も木も……。あんなものは、初めて見た。でもね、ミン。畑《はたけ》でできた食《た》べ物《もの》は、それはおいしいのよ」

「へえ、早く食べてみたいなあ」

ふと、ミンの顔に、村で会ったユエンの顔がかさなった。今ごろ、どうしているだろう。リボン、大事《だいじ》にしてくれているだろうか。

「よし、それでは、その青い星をめざそう！」

4

宇宙船《うちゅうせん》は、一路《いちろ》、ミュー41873９星をめざして飛《と》び立った。

船の中では、地上での暮《く》らしについて、子どもたちだけでなく、おとなたちも学習した。人々は、地上モードの空調室《くうちょうしつ》で歩行訓練《くんれん》をして、降《お》り立ってからにそなえた。

やがて、漆黒《しっこく》の中に青い星が見えてきた。

「青い、これぞまさしく……」

船長が思わずつぶやいた。船がぐるりと星のまわりをめぐる。

AI《エーアイ》ロボットが、分析値《ぶんせきち》をスクリーンに表示《ひょうじ》させた。

「海が七十・八パーセント、陸地《りくち》が二十九・二パーセント」

数字を見て、涙《なみだ》ぐむ人もいた。かつて、この船に住《す》む人々の祖先《そせん》が暮《く》らした星と、同じ比率《ひりつ》だったのだ。

タオは、探査艇《たんさてい》に乗《の》って、船を降《お》ろす場所《ばしょ》をさがした。そして、あの村からいちばん近い草原に、宇宙船《うちゅうせん》を誘導《ゆうどう》した。

宇宙船が降りたのはちょうど朝で、まさに、この銀河系《ぎんがけい》の恒星《こうせい》が大地から顔を出したときだった。

「太陽《たいよう》だ。日が、のぼる」

感慨深《かんがいぶか》そうに、ばばさまがいった。その姿《すがた》は、かつて祖先たちが住んでいた星の、日の出のようすにそっくりだったのだ。

しかし、多くの人は、足場の悪《わる》い道を歩けそうもなかった。そこで、体力のある者《もの》が先に村をたずねて、援助《えんじょ》を願《ねが》うことにした。えらばれたのは、船長とタオのほか、探索《たんさく》チームを中心にした者たちだ。

「あたしもつれてって！」

ミンがいった。

「子どもには無理《むり》だよ」

「大丈夫《だいじょうぶ》だよ。空調室《くうちょうしつ》で、たくさん歩く練習《れんしゅう》をしたよ」

ミンはタオの手をにぎって、はなさなかった。

「船長、いざとなったら、わたしが背負《せお》います。つれていっていいでしょうか」

船長は、しぶしぶだが認《みと》めてくれた。

「よし、では、タオの誘導《ゆうどう》にしたがって、新しいユートピアをめざそう」

タオたちは、切り立ったがけのあいだの道を、ひたすら歩いた。やがて……。

「見てください。目じるしにつけた傷《きず》です！」

と、タオがさけんだ。そのあとは、慎重《しんちょう》に目じるしを確認《かくにん》しながら、一歩一歩と進《すす》んでいった。

タオのすぐ後ろを必死《ひっし》について歩くミンは、さすがに疲《つか》れはてたようだ。

「タオ、まだつかないの？」

「もう少し。そこには、澄《す》んだ水の流《なが》れる小川があって、木がたくさん植《う》えられていてね。きれいなお花が咲《さ》いてる。鳥も鳴いてるの。畑《はたけ》では、わたしたちそっくりの人々がはたらいているわ。だから、がんばって」

「うん、がんばる」

人々はさらに歩きつづけると、ふいに目の前を大きな山にふさがれた。

「けわしい山にさえぎられているぞ。行き止まりじゃないか」

と、船長がまゆをよせた。だが、タオは笑顔《えがお》になった。

「いいえ。大丈夫《だいじょうぶ》です。ほら、そこに小さな穴《あな》が。この先なのです。ついてきてください」

タオは穴を抜《ぬ》けた。そして、斜面《しゃめん》の上から、村を見下ろす。

静《しず》かに流れる小川、桃《もも》の木には花が咲きみだれ、鳥たちのさえずりが聞こえ、人々が畑をたがやす……。だが、思い描《えが》いた風景《ふうけい》は、どこにもなかった。

そこには、ただ荒《あ》れはてた大地がひろがっていた。ところどころに立つ木も枯《か》れかけて、ただ立っているだけというありさまだった。

「タオ、本当にここなのか？　人の気配《けはい》などまるでない。ただの荒《あ》れ地《ち》ではないか」

「そんなはずはありません」

タオは、すべるように斜面《しゃめん》を降《お》りていくと、あたりを走りまわった。

けれど、何も見つけることはできなかった。

「船にもどろう、タオ」

タオの肩《かた》を船長がたたいた。いつのまにか、ほかの人たちも降りてきていた。

「すみません。船長、みんな」

タオの瞳《ひとみ》から涙《なみだ》が流《なが》れ落《お》ちた。

「タオのせいではない。こんなことは初《はじ》めてじゃない。前にもあった」

「またさがそう、タオ」

ミンの言葉《ことば》に、涙をふいてうなずく。

タオはゆっくりと斜面をのぼった。それでも、なぜかこの場所《ばしょ》がなつかしくて、タオはのぼりきったところで、一度《ど》ふりかえった。

枯《か》れかけた木の枝《えだ》に、何かがひらめいていた。青い色の……それは、タオがユエンにあげたリボンだった。

◆作者《さくしゃ》より

桃源郷《とうげんきょう》という言葉《ことば》を聞いたことがありますか。桃《もも》の花が咲《さ》きみだれる、平和《へいわ》で豊《ゆた》かな別天地《べってんち》のことです。

中国には、『桃花源記《とうかげんき》』という短《みじか》い話があります。魏晋南北朝時代《ぎしんなんぼくちょうじだい》の有名《ゆうめい》な詩人《しじん》である陶淵明《とうえんめい》（三六五年―四二七年）が書いたものです。

ある漁師《りょうし》が川を進《すす》むうちに、山にぶつかります。山には小さな穴《あな》がありました。穴からもれるわずかな光に導《みちび》かれてたどりついた場所《ばしょ》が、桃源郷です。そこは、前の時代の戦乱《せんらん》を逃《のが》れた人々が、一般《いっぱん》社会と交流《こうりゅう》を絶《た》って、心楽しく暮《く》らしている場所でした。漁師は人々から歓迎《かんげい》されて楽しくすごし、やがて、ここを去《さ》るときに、ふたたび来られるようにと、目じるしをつけて帰ります。けれどもその後、二度《ど》とたどりつくことができなかったのです。

だれもがあこがれる、平和で豊かな暮らし。地上では、なかなか実現《じつげん》できません。でも、人は、いつもどこかで、そんな場所を夢見《ゆめみ》ているのでしょう。はるかな未来《みらい》の人も、きっと……。

星鏡《ほしかがみ》の剣士《けんし》

越水利江子《こしみずりえこ》

「さあ、いただくぜっ」

戦場《いくさば》となった水引原《みずひきはら》で、寅吉《とらきち》は号令《ごうれい》をかけた。

「おうっ」

いっせいに、飢饉《ききん》や戦《いくさ》で孤児《こじ》になった子どもらがかけだし、戦でたおれた者《もの》の武器《ぶき》やよろいをうばいはじめた。

寅吉自身《じしん》も孤児だが、知恵《ちえ》もはたらき、身体《からだ》も丈夫《じょうぶ》だったので、いつも山賊《さんぞく》の使《つか》い走《ばし》りをして、仲間《なかま》の孤児らを食わせている。

なかでも、戦場《いくさば》は、もっともかせげる場所《ばしょ》であった。

戦死者《せんししゃ》の武器やよろいをあつめ、山賊にとどければ、山賊らはそれらを売りとばし、駄賃《だちん》をくれるのだ。その交渉役《こうしょうやく》は、寅吉だった。

幼《おさな》く、やせほそった孤児らにとって、いちばん大きな十歳《さい》の寅吉は、たよりになる頭《かしら》だったのだ。

孤児らがかけまわる戦場《いくさば》を、風にまかれて散《ち》るのは、水引《みずひき》の花か……米つぶほどの紅《くれない》や白の花が、無数《むすう》に地平《ちへい》をころがっていく。

その花くずにうもれるように、折《お》りかさなりたおれた甲冑武者《かっちゅうむしゃ》や、矢を受《う》けた馬を抱《だ》いて突《つ》っ伏《ぷ》した幼顔《おさながお》の小者《こもの》などから、武器《ぶき》やよろいをうばうのは、決《けっ》していい気持《きも》ちではなかった。だが、死者《ししゃ》からうばうことでしか、孤児《こじ》らは生きていくことができなかったのだ。

「あっ、寅《とら》ちゃん！　あいつ、なわばり荒《あ》らしだっ」

孤児のひとりがさけんだ。

見ると、りっぱな刀を重《おも》そうにだいた子どもが、よろよろ歩いている。まだ四、五歳《さい》か、頭から泥《どろ》だらけで、きれいな着物《きもの》のすそは、いばらに裂《さ》かれたのか、ささらのようになっている。

「なんだっ、おめえっ！」

寅吉《とらきち》は、その子どもの前に立ちふさがった。

子どもは、ぽかんとしている。

「おめえは、どこから来たっ。その刀、どいつからぬすんだんだ⁉」

子どもは、それにもこたえない。まるで、なにもかも忘《わす》れてしまったようにも見えた。ただ、だいた刀だけをぎゅっとにぎって放《はな》さない。

「これは、ちちうえの……！」とだけいう。

「は？　父上だと？」

ならば、武将《ぶしょう》の子か？　国盗《くにと》りのために戦《いくさ》ばかりして、おれたちの親を殺《ころ》したり、田んぼを荒《あ》らしたり焼《や》いたりした、戦国《せんごく》武将の子か⁉

そう思ったら、ふいに、その子どもがにくらしくなった。

「だれの刀でも、この戦場《いくさば》にあった武器《ぶき》は、おれたちのもんだっ」

寅吉《とらきち》は子どもをつきとばし、その刀をうばった。

つきとばされても、その子は泣《な》かなかった。泥《どろ》だらけなので顔立ちはわからないが、きりりとした目で、くやしそうに、寅吉をにらむだけだった。


その日のかせぎは大きかった。

あの子どもが持《も》っていた刀は相当《そうとう》の上物《じょうもの》だったらしく、山賊《さんぞく》の首領《しゅりょう》〝毛むくじゃら〟がたいそう気に入り、自分の刀にするといって、駄賃《だちん》をたくさんくれたからだ。

その駄賃《だちん》をにぎって、農家《のうか》へ行って、食《く》い物《もの》をわけてもらった。

「う、うんめえっ」

「にぎり飯《めし》は、ひさしぶりだぁ」

子分の孤児《こじ》らがよろこぶなか、寅吉《とらきち》は気になって、もう一度《ど》、あの戦場《いくさば》へ行ってみた。

日が暮《く》れた戦場《いくさば》は、生《なま》ぐさい血《ち》のにおいがたちこめ、死体《したい》をあさりに来た獣《けもの》のうなり声、遠吠《とおぼ》えなどがひびいて、気味《きみ》が悪《わる》い。

寅吉は、獣よけの松明《たいまつ》をともして、水引原《みずひきはら》に入った。

「おーい、いるかぁ?」

呼《よ》びかけると、やぶのあたりで、ガサガサ音がする。のぞきこむと、あの子どもが泥《どろ》だらけのまま、うずくまっていた。

「ほら、おめえにもやるよ」

寅吉は、持《も》ってきたにぎり飯をさしだした。

子どもは目をかがやかせ、にぎり飯にかぶりついた。

「うめえか？　ほら、のどがつまるぞ。だれも盗《と》らねえから、ゆっくり食べな」

寅吉《とらきち》は、竹筒《たけづつ》に入れた水を飲《の》ませてやった。

「おめえ、名前は？」

たずねたが、子どもは首をかしげるだけだった。思い出せないようだ。

頭から泥《どろ》だらけなのは、どこかから、湿地《しっち》に落《お》ちたのか。そのとき、頭でも打《う》ったのかもしれないと思い、寅吉はいった。

「わかんねえのか？　じゃ、おれが名前をつけてやる。もし、おめえも仲間《なかま》になるのなら、にぎり飯《めし》ぐれえなら、また食べさせてやるぞ。な、どうする？」

寅吉のことばに、子どもは、こっくりとうなずいた。

「そうか、よし！　親が武将《ぶしょう》でも、おめえの罪《つみ》じゃねえ。仲間にしてやる。今日から、おめえは、そうだな……親に捨《す》てられた子だから、捨《す》て丸《まる》だ」

寅吉はそういって、ふと、自分の親のことを思った。

山賊《さんぞく》の使《つか》い走《ばし》りなんかをしているのは、生まれた村が戦《いくさ》と飢饉《ききん》でつぶれて、もうないからだ。

両親《りょうしん》も兄弟も死《し》んで、家族《かぞく》はだれもいないから、今は食うために、山賊《さんぞく》とでも組む。

だが、村の山には、正義《せいぎ》の剣士《けんし》が降《お》り立つ聖地《せいち》だという、古代《こだい》の磐座《いわくら》があった。磐座《いわくら》というのは、神《かみ》が降り立つといわれる大きな岩やがけのことだ。多くは、結界《けっかい》とするために、白紙を切った御幣《ごへい》やしめなわがかかっている。その磐座《いわくら》を見て育《そだ》った寅吉《とらきち》は、「おれも、きっと、正義の剣士になるんだ！」と、むかしから決《き》めていた。

「……そうだな、おめえもいつか、おれの村の山へつれてってやる。村はなくなったが、顔見知りのじいちゃんが、山の守《も》り番《ばん》になってるんだ」

そういいつつ、寅吉は、そのときまでに、剣を手に入れようと思った。戦場《いくさば》であつめたいちばんいい刀を、おれの剣にするんだ……と。


だが、その機会《きかい》はなかなか来なかった。

一度《ど》は、刀を一本くすねたのがばれて、山賊どもに死ぬほどなぐられた。

だが、大きな戦《いくさ》があれば、寅吉は三日三晩《みっかみばん》でも戦場《いくさば》を走りまわって、武器《ぶき》やよろいをあつめたので、そのはたらきに、山賊どもも寅吉には一目《いちもく》おいていた。だから、殺《ころ》されはしなかった。

ただ、そんな暮《く》らしでは、たまの風呂《ふろ》にも入れない。山賊《さんぞく》の巣《す》は、木の枝《えだ》や葉《は》を葺《ふ》いただけの草屋根《くさやね》の、半地下の小屋《こや》だったので、子どもまでは入れてもらえない。獣《けもの》が来ない、たき火のそばで寝《ね》るだけだ。

だから、子どもらは、森や原、戦場《いくさば》をかけまわる毎日で、目鼻立《めはなだ》ちもわからぬほど真《ま》っ黒《くろ》によごれても、川や池で水浴《みずあ》びするしかなかった。

とうぜん、凍《こご》える冬場には、だれがだれだかわからないほど、みな、よごれきってしまう。

それで、一度《ど》、真っ黒になった捨《す》て丸《まる》をつれて、春の川へ行ったことがある。

捨て丸はよろこんで、寅吉《とらきち》と同じように素裸《すはだか》になり、川へとびこんだ。

そうして、二人で泳《およ》ぎまわっているうちに、寅吉は気づいた。

澄《す》んだ流《なが》れに洗《あら》われた捨て丸は、どこかの若《わか》さまみたいにかわいい顔をしていた。

それに、顔や手足は日に焼《や》けているが、着物《きもの》にかくされていた身体《からだ》は、絹《きぬ》のようになめらかで白かったのだ。

「あれ……？」

そのとき、さらに気づいた。

捨《す》て丸《まる》は、女の子だったのだ！

（大変《たいへん》だ。山賊《さんぞく》どもに、こんなにかわいい女の子だと知れたら、遊郭《ゆうかく》へ売りとばされてしまう！）

あわてた寅吉《とらきち》は、きれいになった捨て丸の顔をまた泥《どろ》でよごした。そして、こわい顔でいいつけた。

「捨て丸、いいか。今後、おれがいいというとき以外《いがい》、顔を洗《あら》ったり、着物《きもの》をぬいだりしちゃあだめだ！　もし、この約束《やくそく》をやぶったら、子分じゃないぞっ」

こうして、いつのまにか時は流《なが》れて、たった四歳《さい》だった捨て丸が十歳になったころ、ようやく、寅吉が待《ま》ちつづけた機会《きかい》が来た。

その年の七月七日、十六歳になった寅吉は、故郷《こきょう》の村があった神居山《かむいやま》へ捨て丸をつれていった。

神居山《かむいやま》は、大和《やまと》の国にあり、その夜の大和は、満天《まんてん》の星の下であった。

山上には、いくつもの古代《こだい》の磐座《いわくら》があり、その一つ一つが、天上の星の位置《いち》をそのまま映《うつ》していた。

天《あま》の川星《がわぼし》、織姫星《おりひめぼし》、牽牛星《けんぎゅうせい》など、七夕《たなばた》の夜に天上にあらわれる星々の名を冠《かん》した磐《いわ》座《くら》があり、天上の星座《せいざ》が、磐座《いわくら》の星座としてそのまま映されているので、星鏡《ほしかがみ》の山とも呼《よ》ばれていた。

「むかしは、ここで、星祭《ほしまつ》りがあったんだってさ。それで、その星祭りの夜には、八人の無敵《むてき》の剣士《けんし》がここへ降《お》り立って、魔物《まもの》をたおしてくれたんだぞ」

寅吉《とらきち》がいった。

「降り立つって、どこから？」

捨《す》て丸《まる》がきいた。

「どこからともなく、あらわれたんだ！」

「寅《とら》ちゃん。そんなの、ただの伝説《でんせつ》だろ？」

「捨て丸っ、なにいってんだ！　ぶんなぐるぞっ。おれは、いつか剣士になる。だか

ら、よく知ってるんだ。なっ、じいちゃん！」

寅吉《とらきち》が、山の守《も》り番《ばん》の老人《ろうじん》にいった。

老人は、今ではたった一人だけの、寅吉の村の住人《じゅうにん》だった。

「ああ、寅《とら》は、小さなころに話してもらったことを、よく覚《おぼ》えておるな」

老人はにこにこしていった。この神居山《かむいやま》のはずれにあった寅吉の育《そだ》った村は、親兄弟が戦《いくさ》と飢饉《ききん》で亡《な》くなり、村人もどこかへ逃《に》げてしまい、今はだれもいない。だが、村でたった一人残《のこ》った老人が、この山の磐座《いわくら》の守《も》り番《ばん》をしていたのだ。

「寅は、八人の剣士《けんし》が、なぜ無敵《むてき》になったか、覚《おぼ》えているかの？」

老人がたずねた。

「覚えてるよ、もちろん！　それは、〝無敵の神宝《しんぽう》〟にえらばれるからだろ？」

「神宝って？」

捨《す》て丸《まる》がきいた。

「それは、ほろぼされた一族《いちぞく》が、大昔《おおむかし》から伝《つた》えてきた九つの神宝でのう。呼《よ》び合う二《ふた》振《ふ》りの剣と、笛《ふえ》や鏡《かがみ》や、鎖《くさり》かたびらといったものだったそうじゃ。しかも、それらには、どれも魂《たましい》が宿《やど》っていて、神宝自身《しんぽうじしん》が、それぞれ持《も》ち主《ぬし》をえらぶんじゃそうで、悪《わる》いやつが手にしても、神宝の不思議《ふしぎ》な力は目覚《めざ》めなかったそうだ」

「じゃ、正義《せいぎ》の剣士《けんし》は無敵《むてき》だったのに、なぜほろぼされたの？」

「ほろぼされたのは、大和《やまと》の国のどこかにあった一族《いちぞく》の隠《かく》れ城《じろ》だが、八剣士《はちけんし》は、永遠《えいえん》にほろぼされることはないのじゃ。彼《かれ》らは、時を待《ま》っておるだけだ。八剣士の主《あるじ》ともいえる九神宝《きゅうしんぽう》のうちの一の剣、天竜剣《てんりゅうけん》がふたたび目覚め、新たな持ち主をえらびとるその時をな……！　天竜剣が目覚めれば、のこりの八つの神宝も、それぞれ、新たな持ち主をえらびとって、目覚めるそうじゃ」

そういったおじいさんの言葉《ことば》に、捨《す》て丸《まる》は思い出した。

だきかかえていた剣のことを。自分がどうして、その剣を持っていたのかは、今もよく覚《おぼ》えていない。ただ、父のかたみだと教えられ、戦《いくさ》のなか、だいて逃《に》げたのだ。

けれど、あの剣が、寅吉《とらきち》に会わせてくれた。

剣というのは、たしかに仲間《なかま》を呼《よ》ぶのかもしれないと、捨て丸は思った。

日々、山賊《さんぞく》にいつ殺《ころ》されるかとびくびくしている捨て丸は、寅吉といっしょにいるだけで安心《あんしん》だったし、今夜のように山賊《さんぞく》の巣《す》をはなれれば、身《み》も心ものびやかになってうれしかった。

「寅《とら》ちゃんの故郷《こきょう》って、ほんとに、いいとこだね。おじいさんもいい人だし！」

捨《す》て丸《まる》は星空をあおぎ、むじゃきによろこんだ。

「わあっ、すごいなあ！」

捨て丸が声をあげた。七夕《たなばた》の深夜《しんや》が近くなって、天上には天《あま》の川《がわ》がうすい煙《けむり》のようによこたわっていた。その天の川をはさんで、織姫星《おりひめぼし》、牽牛星《けんぎゅうせい》も白くかがやいている。そして、まもなく、その星空と山上の星の磐座《いわくら》が、天上と地平《ちへい》で、ぴたりとかさなりあおうとしていた。

そのとき、寅吉《とらきち》は、すぐそばのしげみにもぐりこんで、なにかを引き出してきた。

「ほら、捨て丸。七夕のおくりものだ。おまえにやる」

そういってさしだしたのは、昨日《きのう》からかくしてあったらしい一振《ひとふ》りの剣《けん》であった。

「え？」

捨て丸がきょとんとする。

「これは、おまえが持《も》っていた刀だよ。おれが、山賊《さんぞく》からとりかえしてやった」

「ええっ、だめだよ！　そんなことしたら、寅《とら》ちゃんが殺《ころ》されるよ！」

「大丈夫《だいじょうぶ》さ。戦場《いくさば》でひろった上物《じょうもの》の刀と、中身《なかみ》だけすりかえたから、気がつきゃしねえよ」

寅吉《とらきち》は笑《わら》いながら、その刀をぬきはなった。

「ほら、見ろよ。龍《りゅう》のうろこみたいな、きれいな刃紋《はもん》だぞ。おまえが、どこのサムライの子どもか知らねえけど、この刀なら、おれも、無敵《むてき》の剣士《けんし》になれるかな？」

寅吉がいったとき、「けっけけけけ」と、下卑《げび》た笑《わら》い声《ごえ》がした。

見れば、岩かげからむくむくと、槍《やり》や山刀《やまがたな》を手にした山賊どもがあらわれた。

「寅っ、よくも、おれの刀をぬすみやがったなっ。刀ってのは一本一本、反《そ》りがちがうんだよ。刀の抜《ぬ》き身《み》をすりかえても、さやには合わねえんだよ！」

〝毛むくじゃら〟が寅吉をおもいっきりけとばし、刀をうばおうとした。

「なんだよっ。おめえらには、上物の刀を何本もやったじゃねえかっ。それは、捨《す》て丸《まる》のだ！」

けられた寅吉《とらきち》は、斜面《しゃめん》をころがりながらさけんだ。

寅吉の手から落《お》ちた刀は、天《あま》の川星《がわぼし》の磐座《いわくら》にひっかかって、ぬらりと光った。

「らんぼうはやめなされっ」

「どけっ、じじいっ！」

とめにはいった老人《ろうじん》を、山賊《さんぞく》はなぐりとばそうとした。だが、そのこぶしは、空《くう》を切っただけで老人にはあたらなかった。だれの目にも、老人がゆらりとゆれたように見えたのだが、それは、すっと、風のように身《み》をかわしたのだ。

「お、おじいさんと寅《とら》ちゃんに手を出すなっ」

捨《す》て丸《まる》はふるえながら、寅吉が落とした刀をひろった。

だが、刀のかまえ方なんかわからない。ともかく、山賊の見よう見まねでしかない。

「ちっ、ガキめっ、命《いのち》が惜《お》しかったら、さっさと、その刀をよこせ！」

〝毛むくじゃら〟が、捨て丸から刀をとりあげようとしたそのとき、剣先《けんさき》から、稲妻《いなずま》のような青い電光《でんこう》が走った。

「あっつ、いててっ！」

電光《でんこう》にはねとばされた〝毛むくじゃら〟は、怒《いか》りくるって、山刀《やまがたな》をぬいた。

せつな、天上の星座《せいざ》の位置《いち》が、星鏡《ほしかがみ》の山上に、ぴたりとかさなった。と、捨《す》て丸《まる》の手にした剣《けん》の、龍《りゅう》のうろこのような刃紋《はもん》がゆらめき、天上の星明かりをすいこんだかのように、青くかがやいた。

けん　かん　しん　ごん　り　こん　そん！

いざ　させたまえや、八方天身《はっぽうてんしん》っ

その声がどこから聞こえたのか……。

捨て丸は耳をすましたが、聞こえた声は、記憶《きおく》に残《のこ》った鈴音《すずおと》のように、ただ頭のなかに、澄《す》みきってひびくだけであった。

キンッ、カッ、カカンッ、カキーンッ

捨《す》て丸《まる》の左右に、三日月《みかづき》のような光が無数《むすう》にひらめき、その光に、山賊《さんぞく》どもの山刀《やまがたな》や槍《やり》が、目にもとまらずはねとばされた。

「な、なんだぁっ⁉」

「な、なんだいっ、じいちゃん！　あの、捨て丸のまわりに見える三日月みたいな光はっ⁉」

はねとばされた山賊と、寅吉《とらきち》が同時にさけんだ。

「こ、これは……八方天身《はっぽうてんしん》じゃっ。無敵《むてき》の八剣士《はちけんし》のうち、天竜剣《てんりゅうけん》に呼《よ》ばれた三剣士が三位一体《さんみいったい》で戦《たたか》う、八方の敵を一気《いっき》にたおす剣法《けんぽう》じゃっ！」

老人《ろうじん》がさけんだ。三位一体といっても、その場に見えるのは捨て丸だけだ。ただ、その背後《はいご》に、三日月がはしるような、金紅石《きんこうせき》の光跡《こうせき》が、いくすじもまたたいては消《き》える。

「なにが三位一体だ！　このガキ以外《いがい》には、なにも見えんぞっ」

「いやっ、あ、あの光はなんだっ⁉」

「……ど、ど、どうでもいいっ。あのガキには、化《ば》け物《もの》がついてやがるっ」

山賊《さんぞく》どもはさけびあいつつ、一人逃《に》げ、さらに二人逃げして、山上には、寅吉《とらきち》と捨《す》て丸《まる》、老人《ろうじん》だけが残《のこ》された。

（え？　どういうこと⁉）

捨て丸には、意味《いみ》がわからなかった。

「あんた、その刀は、伝説《でんせつ》の二振《ふたふ》りの剣《けん》のひとつ、八剣士《はちけんし》の主《あるじ》たる天竜剣《てんりゅうけん》じゃ。天竜剣が、三位一体《さんみいったい》となるために仲間《なかま》を呼《よ》んだのだ。しかも、その剣がはたらいたってことは、剣があんたをえらんだってことだ！」

老人がいった。

「で、でも、おれは、なにもしてないけど……」

捨て丸は首をかしげた。

「あんたではなく、天竜剣が呼んだのじゃよ。三位一体となる剣士の霊士《れいし》をな……！」

「霊士？」

「霊士とは、ここには実体《じったい》のない、魂《たましい》の剣士じゃ。おそらく、星祭《ほしまつ》りの天の星々と、この磐座《いわくら》の星がかさなりあう力で、仲間の持《も》つ神宝《しんぽう》の力と、その天竜剣の力が、時空《じくう》をこえ、呼《よ》び合ったのじゃ。……さらに、目覚《めざ》めたその剣《けん》は、やがて、八剣士《はちけんし》をも呼びよせるじゃろう……！」

そういって、老人《ろうじん》は天《あま》の川星《がわぼし》の磐座《いわくら》にひざまずいた。

「どうやら、あんたは、ほろぼされし一族《いちぞく》のひとりじゃろう。そして、その一族は、今もどこかに生《い》き残《のこ》っている。……ありがたや。この乱世《らんせ》に、まだ彼《かれ》らがいてくれたとは……！」

そういった老人に、寅吉《とらきち》はふくれっつらでつぶやいた。

「なんだよ……剣士になるのが、女の子の捨《す》て丸《まる》なんてずるいよ！　おれが正義《せいぎ》の剣士になりたかったのに……！」

「ほう、この子は女の子か？　いやいや、寅吉よ。正義とは、おのれが正しいと信《しん》じる者《もの》ではない。この世に縁《えん》ある者も、ない者も、すべての人を愛《いと》しむ心のことじゃ。いや、人ばかりではない、獣《けもの》も虫けらも、あらゆる命《いのち》を愛しみ、ゆえなく殺《ころ》さず、命のかがやきを守《まも》ろうとする心こそが正義じゃ。その心を持《も》つ者が、真《まこと》の剣士なのじゃ」

老人は、寅吉の頭をくしゃくしゃとなで、「わしはのう、むかしから、おまえが剣士にふさわしい子どもじゃということを、よく知っておるぞ」と、いった。

「すべての命《いのち》を愛《いと》しむ……」

捨《す》て丸《まる》は、老人《ろうじん》のことばをくりかえして、気がついた。

「そうかっ、そうだよ！　寅《とら》ちゃんなら剣士《けんし》になれるよ！　だって、初《はじ》めて会ったおれをたすけてくれたろ？　孤児《こじ》のみんなだって、寅ちゃんのおかげで飢《う》えないでいられるんだ！」

捨て丸がいうと、寅吉《とらきち》は、ガシガシ頭をかいた。

「そ、そうかなあ……」

「そうだよ、ぜったい！　……で、でも、おれたち、もう山賊《さんぞく》の巣《す》には帰れない。どうする？」

「ここにおればよい。剣のあつかいは、わしがさずけよう」

老人がいった。

「えっ、じいちゃんが⁉」

寅吉がおどろいた。

「ああ。わしは、これでも、昔《むかし》は戦国武将《せんごくぶしょう》じゃった。戦《いくさ》に敗《やぶ》れ、寅吉《とらきち》、おまえの両親《りょうしん》に救《すく》われたんじゃ。百姓《ひゃくしょう》だったおまえの両親は、一度《ど》も剣《けん》を持《も》ったこともなく、むごいことに、飢饉《ききん》と戦《いくさ》にまきこまれて亡《な》くなってしまったが、百姓にとっては、ただ憎《にく》いだけの落《お》ち武者《むしゃ》のわしを救ってくれたのも、おまえの両親じゃった。……それだけでも、正しき者《もの》とは、男女も、生まれも、身分《みぶん》さえもかかわりないとわかるじゃろう？」

そういって、老人《ろうじん》は遠くを見るように、目を細めた。

「これまで、わしは、おまえの両親が死《し》ぬまで、なんのお返《かえ》しもできぬままじゃったが、どっこい、寅吉、おまえは生きている。生きて、今このとき、ここに在《あ》るということは、おまえこそが、何者《なにもの》にでもなれるのかもしれぬ。これからも、おのれの欲《よく》をとげるためではなく、生きとし生ける者すべての命《いのち》を愛《いと》しみ、戦《たたか》うなら、おまえはまぎれもなく、真《まこと》の剣士《けんし》となれるじゃろう。」

そういった老人に、捨《す》て丸《まる》はたずねた。

「おじいさん。おじいさんは、いったい何者？」

「ほっほう、それは、おいおいわかるじゃろう。わしは、ここで待《ま》っておったのよ。ふたたび八剣士《はちけんし》があらわれてくれる、この日をな……」

そういう老人《ろうじん》の天上で、七夕《たなばた》の星空が、ゆっくりかたむこうとしていた。

◆作者《さくしゃ》より

『南総里見八犬伝《なんそうさとみはっけんでん》』は、江戸後期《えどこうき》の伝奇小説《でんきしょうせつ》です。曲亭馬琴《きょくていばきん》（滝沢馬琴《たきざわばきん》）の大長編《だいちょうへん》で、人間の姫君《ひめぎみ》を慕《した》った犬と、その姫君の悲《かな》しい死《し》によって生まれた「八つの珠《たま》」に運命《うんめい》づけられた八人の剣士《けんし》の愛《あい》と冒険《ぼうけん》の物語《ものがたり》です。

わたしの作品《さくひん》には、この『南総里見八犬伝』から発想《はっそう》した『忍剣花百姫伝《にんけんかおひめでん》』（ポプラ文庫《ぶんこ》ピュアフル）シリーズがあって、今回の「星鏡《ほしかがみ》の剣士」は、この『忍剣花百姫伝』の外伝《がいでん》として、戦国冒険《せんごく》ファンタジーの短編《たんぺん》となります。

八犬伝のように、悪《あく》と戦《たたか》う正義《せいぎ》の剣士はすばらしいけれど、今、わたしたちの生きる現代《げんだい》では、正義とは何かをまちがってしまっては、正義の戦いが正義ではなくなってしまいます。個人《こじん》や会社や国や、そんな小さなものだけの損得《そんとく》を考えるのではなく、この地球《ちきゅう》に生きとし生きるすべての命《いのち》のために戦う、伝説《でんせつ》の剣士の物語を書きたいと思った作品でした。正義とは、命への大きな愛とともにあるものなのです。

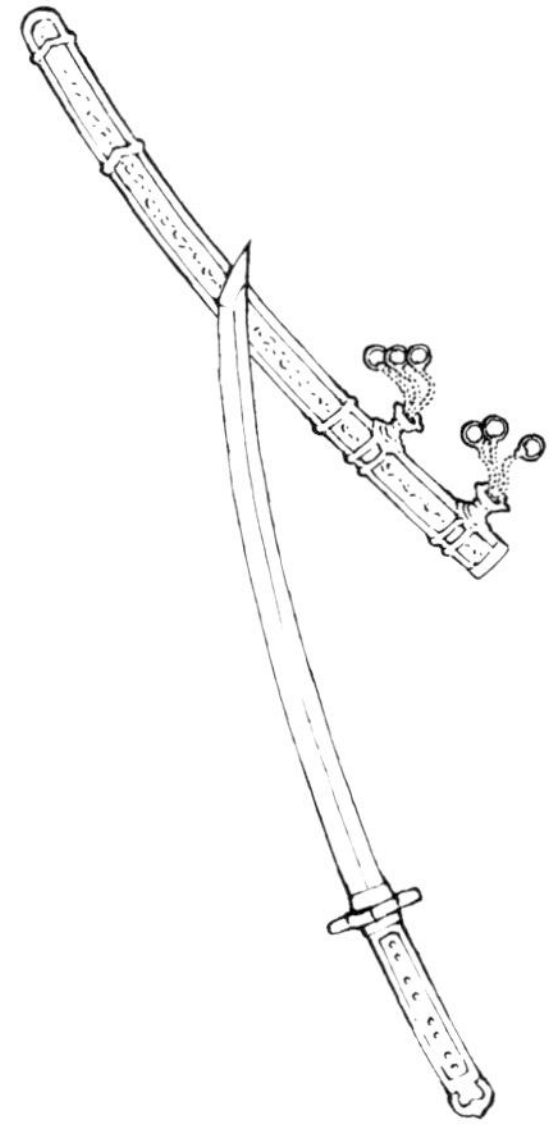

古典《こてん》への扉《とびら》　つかのまの夢《ゆめ》のような

森川成美《もりかわしげみ》「墓場《はかば》の目撃者《もくげきしゃ》」の主人公《しゅじんこう》で語り手の「ぼく」の名前は、斗真《とうま》です。「斗真」は「トム」を連想《れんそう》させますが、「作者《さくしゃ》より」にもあるように、物語《ものがたり》は、マーク・トウェインの『トム・ソーヤーの冒険《ぼうけん》』をふまえています。斗真の友だちのセイも、トムの相棒《あいぼう》のハックのイメージに重《かさ》なってきます。岩波少年文庫《いわなみしょうねんぶんこ》（石井桃子訳《いしいももこやく》）や福音館文庫《ふくいんかんぶんこ》（大塚勇三《おおつかゆうぞう》訳）で、『トム・ソーヤーの冒険』の「墓地《ぼち》の惨劇《さんげき》」の章《しょう》を読むと、この「墓場の目撃者」も、いっそうおもしろくなります。

「小さな見張り人《みはりにん》」の作者、**中川《なかがわ》なをみ**は、「ホフマン物語」という夢《ゆめ》の話を参考《さんこう》にしたと書いています。「ホフマン物語」は、フランスの作曲家《さっきょくか》、オッフェンバックの四幕《まく》のオペラで、一八八一年にパリで初演《しょえん》されました。三つの恋《こい》の物語で構成《こうせい》されているオペラですが、これは、主人公のドイツ・ロマン派《は》の詩人《しじん》、E・T・A・ホフマン自身《じしん》が書いた三つの短編小説《たんぺんしょうせつ》をもとにしています。ホフマンの三つの小説とは、「砂男《すなおとこ》」「クレスペル顧問官《こもんかん》」「大晦日《おおみそか》の夜の冒険」です。光文社古典新訳文庫《こうぶんしゃこてんしんやくぶんこ》の『砂男／クレスペル顧問官』（大島《おおしま》かおり訳《やく》）などで読むことができます。

濱野京子《はまのきょうこ》「青色のリボン」も、つかのまの夢《ゆめ》のような物語《ものがたり》です。未来《みらい》の世界《せかい》を描《えが》いていますが、中国の詩人《しじん》、陶淵明《とうえんめい》の「桃花源記《とうかげんき》」がふまえられています。文が松居直《まついただし》、絵が蔡皋《さいこう》の絵本『桃源郷《とうげんきょう》ものがたり』（福音館書店《ふくいんかんしょてん》）が、「桃花源記」の理想郷《りそうきょう》を描き出しています。読んでみてください。

越水利江子《こしみずりえこ》「星鏡《ほしかがみ》の剣士《けんし》」は、作者自身《さくしゃじしん》の『忍剣花百姫伝《にんけんかおひめでん》』シリーズ（ポプラ文庫《ぶんこ》ピュアフル）の外伝《がいでん》として書かれました。作者は、江戸時代《えどじだい》の滝沢馬琴《たきざわばきん》の『南総里見八犬伝《なんそうさとみはっけんでん》』から発想《はっそう》したシリーズだとしていますが、栗本薫《くりもとかおる》が現代《げんだい》のことばで書いた『里見八犬伝』（講談社《こうだんしゃ》）などと合わせて読むと、さらに刺激的《しげきてき》です。

（児童文学研究者《じどうぶんがくけんきゅうしゃ》　宮川健郎《みやかわたけお》）

作者

森川成美

（もりかわ　しげみ）

大分県出身。『アオダイショウの日々』で小川未明文学賞優秀賞受賞。著書に『くもの　ちゅいえこ』『あめあがりのかさおばけ』『フラフラデイズ』『妖怪製造機』「アサギをよぶ声」シリーズなど。

中川なをみ

（なかがわ　なをみ）

山梨県出身。『水底の棺』で日本児童文学者協会賞受賞。著書に『四姉妹』『砂漠の国からフォフォー』『あ・い・つ』『龍の腹』『アブエラの大きな手』『有松の庄九郎』『茶畑のジャヤ』など。

濱野京子

（はまの　きょうこ）

東京都出身。『フュージョン』でJBBY賞、『トーキョー・クロスロード』で坪田譲治文学賞受賞。著書に『アギーの祈り』『石を抱くエイリアン』『すべては平和のために』『バンドガール！』「レガッタ！」シリーズなど。

越水利江子

（こしみず　りえこ）

高知県出身。『風のラヴソング』で芸術選奨文部大臣新人賞、日本児童文学者協会新人賞、『あした、出会った少年　花明かりの街で』で日本児童文芸家協会賞受賞。著書に「忍剣花百姫伝」シリーズ、「恋する新選組」シリーズなど。

画家

黒須高嶺

（くろす　たかね）

埼玉県出身。イラストレーター、挿絵画家。児童書の仕事に『１時間の物語』『くりぃむパン』『五七五の夏』『日本国憲法の誕生』『幽霊少年シャン』『ふたりのカミサウルス』などがある。

装丁・本文デザイン　鷹觜《たかのはし》麻衣子
編集協力　宮田庸子

古典から生まれた新しい物語＊冒険の話

墓場の目撃者

発　行　2017年3月　初版1刷
編　者　日本児童文学者協会
画　家　黒須高嶺
発行者　今村正樹
発行所　株式会社偕成社《かいせいしゃ》
〒162-8450　東京都新宿区市谷砂土原町3-5
TEL.03-3260-3221（販売部）　03-3260-3229（編集部）
http://www.kaiseisha.co.jp/
印　刷　三美印刷株式会社
小宮山印刷株式会社
製　本　株式会社 常川製本

NDC913　122p.　20cm　ISBN978-4-03-539620-8
©2017, 日本児童文学者協会
Published by KAISEI-SHA. Printed in Japan.

乱丁本・落丁本はおとりかえいたします。
本のご注文は電話・FAXまたはEメールでお受けしています。
TEL : 03-3260-3221　Fax : 03-3260-3222
e-mail : sales@kaiseisha.co.jp

時間をめぐる五つのお話

第一期

5 分間の物語

1 時間の物語

1 日の物語

3 日間の物語

1 週間の物語

第二期

5 分間だけの彼氏

おいしい *1* 時間

消えた *1* 日をさがして

3 日で咲く花

1 週間後にオレをふってください

日本児童文学者協会 編

©磯 良一